トラットリア代官山

斎藤千輪

ハルキ文庫

角川春樹事務所

Contents

トラットリア代官山

Prologo

（序幕）

「L'appetito vien mangiando.」

鏡の前で小さくつぶやく。

これはイタリア語のことわざで、日本語に訳すと〝食欲は食べていると出てくる〟。つまり、何事もやっているうちに好きになっていく、という意味だ。

この前向きで食にこだわるイタリア人らしいことわざが、大須薫《おおすかおる》の大のお気に入りだった。

昔からメイクが面倒で、女子力というものには縁遠いタイプだったが、メイクも髪の手入れも、やっているうちにそれほど面倒ではなくなった。好きか？　と訊《き》かれたら、相変わらず「できればノーメイクでいたい」というのが本音だけど。

短い髪をジェルでセットし、うっすらとメイクを施す。

外側に向かって上がり気味にカーブする眉《まゆ》を整えて、マスカラなしでも濃い睫毛《まつげ》をビューラーで立ち上げる。口紅の色はナチュラルなベージュ。薄桃色のチークも頬《ほお》の上にほんの少しだけ。

これでよし、と。

真っ白なコットンシャツに、黒いスラックスとベスト。淡い紫色のネクタイを締め、黒いジャケットを羽織る。これは、この店を創《つく》った亡き父が、いつも身に着けていたもの。それを自分のサイズに仕立て直して使用している。

胸元には横に細長い金バッチ。表面に『Direttrice 大須薫』と刻印してある。イタリア語で〝女支配人〟を意味する〝ディレットリーチェ〟。それが、薫の肩書だった。

男性用スーツ姿で背が高く声も低めのため、男性と間違えられることもよくあるが、スカートよりスラックスの方が断然動きやすい。ここ数年、普段着もパンツばかりで、スカートなど買いもしなくなっていた。

父から受け継いだ店で、父と同じ格好で仕事をする。

ややセンチメンタルかもしれないが、自分なりの父への敬意のつもりだった。

控室のパウダースペースから出た途端、「薫さん」と弾んだ声と共にドアが開き、安東怜《あんどうれい》が上半身を覗《のぞ》かせた。白いコックコート姿の胸元で、『Capocuoco 安東怜』の金バッチが光る。

怜は〝料理長〟の〝カポクオーコ〟だ。料理長、とは言っても、シェフは彼一人だけなのだけれど。

「あ、すみません」

あわててドアを閉めようとする怜。着替え中だと思ったのだろう。

「大丈夫。もう着替え終わってるから。どうかしたの？」

再びドアを開けた怜が、黒目がちの瞳《ひとみ》を輝かせて白い歯を覗かせた。

ほんの少しクセのある栗《くり》色の髪。黙っていても上がり気味の口角。

いかにも人懐こそうな様子が、無邪気な子犬のようだなといつも思う。

「今日の加茂《かも》ナス、すごく新鮮なんです。色が濃くて艶々《つやつや》で、ヘタも太くてトゲがナイフばりに鋭くて。触ったら指に激痛が走りましたよ。火入れするのがもったいないから、マリネにしてみたんです。ほら、イタリアから最上級のオリーブオイルが届いたじゃないですか。あれを使って隠し味に醤油《しょうゆ》を垂らしたら、最高にボーノで。薫さん、試食してみてくださいよ」

その左手が持つ小さなガラス皿には、薄くスライスした加茂ナスのマリネが少量だけ盛られ、フォークが添えられている。それは、アップルパイの上に載ったリンゴのように美しく重ねられていた。

薫は怜に歩み寄り、その顔を見上げて「見せて」とだけ答える。

「え？　なんか問題ありそうですか？」

心配そうに眉をひそめた彼の右手首を取った。指をチェックする。

「切れてないね。よかった。鋭いヘタで怪我《けが》したのかと思った」

「あ……」

怜が急いで指を引っ込めた。

「切るわけないじゃないですか。僕、調理のプロなんだから。ってゆーか薫さん、軽々しく男の手を取っちゃだめですよ。気があるんじゃないかって誤解されるから」

「怜の手でも？」

そう言った瞬間、怜の表情が引き締まった。

「僕だって……」

「え？　なに？」

――しばしの沈黙。

なんだろう、この緊張感。妙に気まずいんだけど……。

しっかりと合わせていた視線を先に外したのは、怜だった。

「なんでもないです。いいから試食してくださいよ」

再び笑顔を向けた。なぜかホッとする。

安東怜は年下の頼れる料理人。私のビジネスパートナー。それ以上でもそれ以下でもないはずだ。

と自分に言い聞かせてから皿を受け取り、加茂ナスのマリネを一切れ口に入れてみた。

京都の契約農家から届いた、朝採れの加茂ナス。まるで水ナスのような瑞々《みずみず》しいエキスと、オリーブオイルのフレッシュな香りがフワッと広がる。最後に赤コショウがピリリと利いてきて、食感をよろこばせる。

「ん、モルトボーノ（最高に美味《おい》しい）」

「でしょ。今夜の前菜は、これとフルーツトマトのマリネ。あと……」

そのとき、フロアで電話の鳴る音がした。

「あとで聞くね」

急ぎ足でフロアに向かい、受話器に手を伸ばす。

「はい、トラットリア代官山《だいかんやま》でございます。……本日は満席になっておりまして。はい、すみません。またのご連絡、お待ちしております」

今週の予約はすでに満杯だった。なにしろ、ここはカウンターのみのレストラン。すぐに席が埋まってしまうのだ。

〝Trattoria《トラットリア》〟はイタリアの大衆店を意味するが、父はもう少し高級感を醸したいと、自ら選んだ高品質の欅《けやき》の板で、コの字型のカウンターを設《しつら》えた。

椅子《いす》は黒革張りの一人用ソファー。グラスや皿、フォークなどのカトラリーも、アンティーク風の調度品も、父がイタリアで選んできたものばかり。

父によると内装のイメージは、「ローマ皇帝が、お忍びで立ち寄る田舎のレストラン」らしい。

厨房《ちゅうぼう》はカウンター内にあり、怜はもちろん、薫もカウンターの中に居ることが多い。目線の高さをお客様と合わすために、カウンター内は外よりも低く設計されていた。

来ていただいた方々に寛《くつろ》いでもらうため、椅子と椅子とのあいだはゆったりと間隔を取り、音楽は耳を邪魔しない程度にクラシックを流している。

各席のテーブルには皿とナプキンがセットされ、手書き文字が記された「本日のお品書き」が置かれている。

日替わりのコースは、いつも一種類のみ。そこには、野菜や魚、肉の名称しか書かれていない。

たとえば、本日の前菜は「加茂ナス、フルーツトマト、ブッラータ」。それだけ。それらをどんな風に調理するのか、お客様に説明するのは薫の役目だ。

献立は、ほぼ怜に任せている。彼は京都出身なので、旬《しゅん》の京野菜をよく使う。すべて有機野菜だ。魚や肉も契約している漁師と猟師が何人かいて、できる限り〝とれたて自然の食材〟を提供するようにしている。

同じような趣旨の別店舗と食材を提携することで、なんとか経営は成り立っていた。この地下室つきの三階建て住宅が、薫の父が遺《のこ》した持ち家であることも、そんな贅沢《ぜいたく》ができる理由だ。


「すんませーん」

いきなり入り口のドアが開き、金色に髪を染めた青年が顔を出した。派手な柄のシャツにジーンズ。後ろに控えている赤い髪の若い女性は、露出度の高いロングワンピース姿で、厚底のサンダルを履いている。

「店、何時からすか？」

唐突に尋ねられた。見知らぬ顔だ。

「夕方六時からになっております」

「じゃあ、六時に二人で来るからよろしくっす」

「申し訳ありません。本日は満席でして。来週以降ならご予約をお取りできますが」

「はあ？　来週？」

露骨に嫌な顔をされた。

「そんな待てねーし。明日までしか東京にいられないんすよ。なんとかしてくださいよ」

遠方からの旅行客だ。女性が手にしたお土産の紙袋に、ネズミやアヒルのキャラクターがプリントされている。浦安《うらやす》のテーマパークにでも行ってきたのだろう。

ごく稀《まれ》に、こういった一見《いちげん》のゲストが訪れる。来店してくれるのはとてもありがたいのだが……。

「生憎《あいにく》、ご予約のお客様が優先でして……」

「なんだよ、わざわざ来てやったのに。気取んなよ！」

鋭くこちらを睨《にら》む彼に、薫はあえて深く頭を下げた。

「大変申し訳ございません」

横暴なお客様の扱いには慣れている。あくまでも低姿勢を貫くのだ。

限界が来るまでは。

「謝んなくていいから。なあ兄さん、頼むからなんとかしてくれよ。どんな席でもいいからさ」

……兄さん？　一応、女なんですけど。

内心でつぶやきつつも笑みは崩さない。男に間違えられるのも慣れている。

「ねえ、別の店でいいよ」

後ろの彼女が恥ずかしそうに、青年の柄シャツを引っ張った。

「オマエがここに行きたいって言ったから、わざわざ来たんだろ」

無礼なヤツかと思ったのだが、彼女のために粘っているらしい。それならなんとかしたいけど、今夜は本当に席が用意できないのだ。

思案する薫に、また男性が言った。

「彼女の誕生日なんすよ。ネットで見てここがいいって言うから。どこでもいいから入れてくださいよ」

今にも泣き出しそうな瞳。口元にあどけなさが残っている。おそらく、まだ二十歳《はたち》そこそこだろう。

彼が握りしめているスマートフォンに、誰《だれ》かが投稿してくれたこの店の情報ページが映っている。これを頼りにやって来たのだ。事前に予約をする、という発想がなかったのかもしれない。

……しょうがない。精一杯のサービスだ。

薫はほほ笑みながら青年に話しかけた。

「あの、明日は何時頃《ごろ》にお帰りになるのでしょう？」

「夕方だけど……」

「うちは夜しか営業しておりません。今週は満席です。ですが、せっかく来てくださったので、明日のお昼でよろしければランチのご用意をいたします。いかがですか？」

「いいんですかっ？」

彼女が歓喜の声を上げ、沈んでいた表情を一気に明るくした。

「はい。明日だけ特別に」

臨機応変に対応できるのは、個人店ならではの特性である。

「うれしい！　明日にしよう。ね？」

「……ああ。ありがとう、ございます」

青年が照れくさそうに頭を下げる。

「L'importante è non arrendersi mai.」

薫は小さくつぶやいた。

「は？　今なんて？」

「イタリアのことわざ。〝諦《あきら》めないことが大事〟って意味です。お名前とお電話番号をお聞きしてよろしいですか」

「はあ……」

けむに巻かれたような表情で、青年が問いに答える。

イタリア語の格言は、亡き父の口癖だ。いつの間にか、それが薫の癖にもなっていた。

若かりし頃、フィレンツェのレストランで働いていた父は、そこで知り合ったイタリア人のシェフを日本に連れ帰り、この店をオープンさせた。イタリアの格言は、そのシェフの受け売りでもあったようだ。陽気で大らかだった彼はもう、帰国して自分の店を構えている。

「我がまま聞いてくれてすんません。マジ感謝っす」

青年がペコリと頭を下げた。

彼女のために粘り続け諦めなかった彼を、薫は気に入り始めていた。見た目や態度はやんちゃな感じだが、やさしいハートの持ち主なのだろう。

「……では、明日の十二時にお待ちしておりますね」

二人が立ち去り、入り口のガラス扉が閉まった。

「ランチ営業ですか」

いつの間にか近寄っていた怜が、声をかけてきた。

「ごめん、勝手に決めて。わざわざ遠方から来てくれたみたいだったから。怜が無理なら私だけでも対応できるし」

怜が下準備をしておいてくれれば、その料理は自分で提供できる。

「いいですよ。ランチなんて普段やらないから新鮮です」

笑うと目の横にシワができる怜。とても安心感を覚える笑いジワだ。

「ありがとう。あの彼氏に『頼むよ兄さん』とか言われちゃった。また男に間違えられたよ」

苦笑いをしたら、怜がいかにも残念そうに肩をすくめた。

「見る目がない彼氏だなあ」

「ふふ」

と二人で笑い合う。

気心の知れた怜と話していると、とても気持ちが安らぐ。

「さーて、彼女さんのお誕生日ランチか。なにを用意しようかな」

怜は軽やかな足取りで厨房に戻っていった。

童顔系だから小柄に見えるけど、実は背が高くて肩幅もガッシリとしている。

よくよく考えるとモテそうなのだが、恋人がいる気配はない。今のところ、異性より料理への興味のほうが大きいのではないか、と薫は推測している。


実は、薫自身も恋愛には興味がなかった。

学生時代はバスケの選手で、それなりに活躍していたためか、女子にはかなりモテるほうだった。プレゼントや手紙をもらった経験も数知れない。

一方、男子からはまったくと言っていいほどお声がかからなかった。

背が高くて男みたい。目つきが鋭くて恐《こわ》そう。クールでかわいげがない。

そんな風に、陰でささやかれていたこともあったらしい。

やや心外ではあったが、だからと言って女子力を高める努力をする気など、薫には皆無だった。相手に媚《こ》びるくらいなら、一生独りでも結構だと今でも考えている。

とはいえ、中には奇特な男性もいて、交際した経験は何度かある。しかし、メールや電話が苦手で一人旅が好きだった薫は、恋人として物足りなかったようで、誰とも長続きはしなかった。本心では、誰のことも好きではなかったのかもしれない。


……いや、一人だけいた。


本当に好きだと思えた男性。今でもとき折り思い出す顔。

穏やかで自由人で、束縛や干渉など一切しない人。薫はそのままでいいと、自分を丸ごと受け止めてくれた。だから彼との結婚話が出たときも、さほど迷うことなく承諾したのだが……。

その話は三年以上も前に消滅していた。

交際相手に奪われずに済んだ時間を、カクテルやワインの勉強に費やしたのは、父親の店を継ぐためでもあると同時に、純粋な趣味でもあった。

そんな自分を、寂しいアラサー女だとか、こじらせ女子だとか言う人もいるかもしれないが、「だからなに？」と言う以外ない。

「薫さん、生け花の置き位置、変えてもいいですか？　こっちのほうが映えると思うんですよね」

怜が人懐こい笑顔を向けている。

「いいよ」

いそいそとクリスタルの花瓶を動かす。淡いピンクの大葉のような形状の花たちが、優雅に生けてある。

「どうですか？」

「確かに、その方がいいかもね」

「でしょ。ピンクのアンスリウム。花言葉は〝飾らない美しさ〟。この花にぴったりですよね」

ゆったりとほほ笑んでから、怜は厨房に戻っていった。

料理も空間プロデュースも、彼は本当にセンスがいい。そんなビジネスパートナーと巡り合えたのは、幸運であったとしみじみ思う。

ふと、店内の時計に目をやった。

あと二時間もすれば、今は静かに冷えているカウンター席が、人々の賑《にぎ》やかな声と熱で温まる。

東京の小さな街・代官山。その一角にある一軒家の地下で、ひっそりと営業する小さなイタリアンレストラン、『Trattoria《トラットリア》代官山』。

今夜も、お客様がやってくる。

刹那《せつな》の口福感を求めて。それぞれの事情を抱えて――。

Uno

（1）

京都の加茂ナス

～カフェ経営者・永野鈴音の物語～

目黒川《めぐろがわ》を越えて坂を上り、西郷山《さいごうやま》公園の横を通り過ぎた。

薄曇りの代官山。晩夏の夕刻。命を振り絞るように鳴くセミの声が、季節の変わり目を告げている。犬を連れた人々とすれ違う率が高いのは、愛犬家たちが広大な公園で散歩をするためだろう。

ここは元々、西郷隆盛《たかもり》の弟でもある明治時代の軍人で政治家、西郷従道《つぐみち》の邸宅地だったそうだ。公園内の石碑によると、〝六万平方米の敷地に、洋館・和館などが建てられ、池のある回遊式の庭園は付近随一の名園といわれた〟とのこと。

しかも、ここら一体は丘陵《きゅうりょう》になっているため、江戸時代は富士山《ふじさん》がよく見える観光名所だったという。稀代《きたい》の浮世絵師・歌川広重《うたがわひろしげ》が、この辺りで眺めた富士山を『名所江戸百景』として描いたほどの美観。建物やらスモッグやらで遮られがちの今も、晴れた日には霊峰《れいほう》の姿を拝むことができる。

眺めの良い一等地に建てられた、広大な西郷従道の邸宅。

——どんだけ広いお屋敷だったんだろ。そんな家に住んでみたいよなー。

内心で呟《つぶや》いてから、永野鈴音《ながのすずね》は旧山手《やまて》通りの信号を渡った。

てっく、てっく、てっく。うちに帰ろう、素敵な家。あの人が待つ、あの家に。

歩いていると、つい自作の詞のフレーズを浮かべてしまうのは、かつてはキーボードで人気アーティストのサポートをし、自らも趣味で作詞・作曲をしていた鈴音のクセである。

代官山は、渋谷《しぶや》・中目黒・恵比寿《えびす》など、都内有数の繁華街に挟まれた小さな街だ。東横《とうよこ》線『代官山』駅の周辺は、カフェ、レストラン、ブティック、ヘアサロン……とにかくオシャレな店ばかり。ランドマーク的な複合ビル〝代官山アドレス〟をはじめ、高層ビルやマンションもそびえ立っている。

代官山の高層マンション。お金持ちしか住めないゴージャスなタワー。芸能人、どっかの社長、これから会う彼女が結婚した、エリート会社員……。

胸の奥にモヤモヤが立ち込めた。

中目黒で小さなサンドイッチカフェを経営する鈴音にとって、目黒川を隔てた隣にある代官山は、歩いて数分で行けるくらい近いのに、ワンクラス以上も上に感じる遠い街。見えない結界が張り巡らされているようなハイソサエティなエリアだ。

そんな代官山の高層マンションに、かつての仕事仲間が引っ越してきたのである。そして、自分のカフェに一人でやってきた。

「偶然でうれしい」と彼女はほほ笑んだが、本当はどうだか分からない。仕事仲間つながりで、自分が店を立ち上げたことは知っていても不思議ではない。わざわざ当てつけにきたのかもしれない。代官山に越してきた、って。

などとネガティブな想像をしていた鈴音だが、どうしても彼女ともう一度会い、話をする必要が生じた。だから自分から誘ったのだ。代官山で食事をしようと。


てっく、てっく、てっく、てっく。店に行こう、素敵な店。あの人が待つ、あの店へ。


旧山手通り沿いを歩くと、敷地内にレストランを有する大型書店が現れた。その脇《わき》の路地裏を真っすぐに進んでいく。

やがて、ひと気がぐっと少なくなり、住宅地に入った。瀟洒《しょうしゃ》な家や中層マンションが建ち並んでいる。その一角にある三階建ての一軒家が、鈴音の目指す場所だ。

レトロモダンという形容が似合うレンガ造りの家。一階は、いかにも高級感のある洋服がガラス越しにディスプレイされたブティック。二階と三階は住居。そして、一階の横にある螺旋《らせん》階段を下りていくと、階段下のスペースにごく小さな庭が見え、花々が咲き乱れている。その奥にあるのは、ガラスの壁と木造りの扉。

扉に掲げられたプレートの『Trattoria代官山』の金文字が、間接照明の光で輝いている。

鈴音は、このイタリアンレストランの常連だった。

二年ほど前、初めて友人に連れてこられたときは、高そうで上品そうで、自分には場違いな店だと思ったものだ。だが、味は格別で意外にもリーズナブル。しかも、カウンターのみなので店主やシェフと話すこともでき、居心地が素晴らしく良かった。以来、一人でも行ける貴重なレストランになった。

今夜は、どんな料理を出してくれるのかな？

自然と頰《ほお》が緩む。

扉に手をかけようとしたら、自動ドアのように中から開いた。店主の大須薫が開けてくれたのだ。焦がしたニンニクとオリーブオイルの香りが、空腹感を誘う。

「いらっしゃいませ、鈴音さん。お待ちしておりました」

薫が穏やかにほほ笑む。

やっぱカッコいい人だな……。と鈴音は内心でつぶやく。

まるで彫刻のように整った顔。いつもやさし気だが、ときに鋭くなる眼差《まなざ》し。黙っていると畏怖《いふ》の念すら感じる引き締まった口元。歳《とし》は鈴音と同じく、三十代前半くらいだろうか。スーツ姿が似合うスラリとした体形で、初めは男性かと思ったくらい中性的な人だ。

「こんばんは。今日はここで待ち合わせをしてて……」

「もういらっしゃってますよ」

薫が身体《からだ》をずらしたため、カウンターの奥が視界に入ってきた。

入り口から一番奥の席にいた彼女が、こちらに小さく手を振った。開店したばかりなので、ほかに客はいない。

決して派手な服装や髪型、メイクではないのに。むしろシンプルで没個性なのに、そこにいるだけで華やかな空気感を醸し出す女。

朝倉綾乃《あさくらあやの》。鈴音より一つ上だったから、今は三十四歳のはずだ。なのに、髪の毛や肌艶《はだつや》のせいか、鈴音よりもずっと年下に見える。新婚だからなのか、幸せそうなオーラが全身から漂っている。

「ごめんなさい、待たせちゃったかな？」

急いで綾乃に歩み寄り、隣の席に座った。バッグを足元の大籠《おおかご》に入れる。先に入っていたのはハイブランドのバッグ。もちろん綾乃のものだ。

「早く来ちゃったから、先に飲んでた」

静かな声でそう言って、綾乃は左手で赤紫色のカクテルが入ったグラスを掲げて見せた。薬指につけた華奢《きやしや》なダイヤの指輪が、虹色の光を発する。少し伸ばした爪《つめ》には淡いピンク色のジェルネイル。

鈴音は思わず両の手で握りこぶしを作った。対する自分の、短く切り揃《そろ》えた何もつけていない爪を隠すためだ。

毎日サンドイッチを作り、友人のスタッフとカフェを切り盛りする自分の指には、ネイルもダイヤの指輪もふさわしくない。最近は忙しすぎて、メイクにもファッションにも関心が薄くなっている。

店が休みで綾乃に会う今日だけは、気合を入れてきたつもりだったけど、ネイルにまで気が回らずにいた。

「鈴音さん、お飲み物はどうしますか？」

いつの間にかカウンターの中にいた薫が、メニューを差し出してきた。

「あ、いつものでいいです」

と言って、わざと常連らしさを出す自分に微《かす》かな嫌悪感を覚える。

「承知しました」

柔らかくほほ笑んだ薫が奥に引っ込む。オープンキッチンで作業をしていたシェフが、

「いらっしゃいませ」と鈴音に会釈をよこす。

「怜さん、今夜もよろしくお願いします」

「お任せください！」

元気よく答えるコックコート姿の安東怜。まだ二十代後半なのに、繊細な料理を生み出す人。朗らかで愛嬌《あいきょう》たっぷりの笑顔が、鈴音の心の結び目を緩めていく。

あたしの好みとは少し違うけど、イケメンではあるよね。あ、シェフを下の名前で呼ぶなんて、また常連ぶった言い方だったかな？　まあ、いっか。

雑念を消して横の綾乃に神経を注ぐ。

「綾乃さん、呼び出しちゃってごめん。来てくれてありがと」

「やだ、謝らないでよ。うち、ここのすぐそばだし。素敵なお店を教えてくれて、お礼を言いたいくらい」

手を動かした綾乃から、微かに香水が香った。瞬時に不快感と、彼女をこの店に呼んだことの後悔が胸をよぎる。

食事をするときに香水をつける女の気持ちが、鈴音には理解できない。料理やお酒の香りだけを楽しめばいいのに、もったいないことをするなと本気で思う。

「鈴音ちゃん、席代わってくれる？」

「え？」

綾乃に突然言われ、戸惑った。

「この席、空調の近くだからちょっと寒くて」

彼女はノースリーブのワンピースから伸びた腕を、そっと抱えながら付け加えた。断る理由もなく、言う通りに席を代わる。

「よろしければお使いください」と、薫がブランケットを綾乃に差し出す。自分が風上になったことで、鈴音は香水の香りから逃れることができた。

……思考を読まれているようで、なんだか気味が悪い。

ちらりと綾乃を見た鈴音だが、彼女はポーカーフェイスで「まだ引っ越してきて三か月だから、近所のお店、よく知らないの。そもそも外食なんてあまりできないし」と独り言《ひとご》ちた。

「そうなの？　意外。旦那《だんな》さんといろんなとこに行ってるのかと思った」

「ムリよ。あの人いつも帰り遅いし、家でわたしの料理を食べるほうが好きみたいで。たまにはこんなお店に連れて来てもらいたいな」

そのネイルを施した長い爪で料理を作るの？　と鈴音は訊《き》きたくなったが、曖昧《あいまい》に笑うだけにしておいた。

「ここのメニューって変わってるよね。お料理名がなくて素材だけ書いてある。加茂《かも》ナスとかフルーツトマトとか。しかも、コースが三つあるだけ」

綾乃は皿の上にあったお品書きを手にしている。

覗《のぞ》き込むと、こう書いてあった。

前菜：加茂ナス、フルーツトマト、ブッラータ
パスタ：サマートリュフ、グリーンアスパラガス、タヤリン
魚料理：獲《と》れたて鮮魚、アサリ、ヤリイカ
肉料理：雉《きじ》もも肉、ザクロ、壬生菜《みぶな》

デザート：柿《かき》、ピスタチオ

「いつもこうなんだ。この食材がどんな料理になって出てくるのか、待つのも楽しみで」

「なるほどね」

「基本的にうちのお料理は、シェフのお任せのみとなっています。A、B、Cのコースは、品数が変わるだけなんです」

鈴音のお気に入りの白ビールを運んできた薫が、グラスをカウンターに置いて解説を始めた。

「前菜、パスタ、魚料理、肉料理、デザートのフルコースがA。そこから肉料理だけ抜いたのがB、肉と魚料理を抜いてパスタをメインにしたのがC。お腹《なか》の空《す》き具合で選んでくださいね」

「えー、どうしよう。鈴音ちゃんはどれにする？」と綾乃が小首を傾《かし》げる。

「あたしはフルコース食べられそう。お腹ペコペコ」

いつもは財布の事情もあり、パスタがメインのCコースに留《とど》めるのだが、今夜は奮発するつもりでいた。

「じゃあ、Aね。わたしも鈴音ちゃんと同じにする。今日は食べちゃおっと」

「かしこまりました。苦手な食材などはございますか？」

「ないです」と綾乃が答え、鈴音も頷《うなず》く。

「そうだ綾乃さん、お料理に合わせるワインもお店のお任せにしていい？」

鈴音の問いかけに、綾乃は「もちろん」と即答。薫は再度「かしこまりました」とお辞儀をして、二人に背を向けた。

綾乃は昔からなんでも相手に合わせようとする人だった。それは今も変わらないようだ。穏やかでおしとやかな彼女は、かつての仕事仲間たち、特に男性から絶大な人気があった。勝気で自己主張が強い自分とは、あらゆる部分が対照的だ。見た目も性格も。

――同じだったのは、おそらく男の好みだけ。

と、鈴音は心中でつぶやく。

「ねえ、このスタッフドオリーブ、最高なんだけど」

綾乃が弾んだ声を出した。目の前に、黒オリーブにアンチョビペーストを詰めたものを、十粒ほど載せた皿が置いてある。すべてのオリーブに爪楊枝《つまようじ》状のものが刺さっている。

「これ、爪楊枝かと思ったら揚げたパスタだったの」

「そうだよ。ここの定番のお通し。美味《おい》しいよね」

「美味しい。お酒が進んじゃう」

綾乃が爪楊枝状の部分を手でつまみ、オリーブと共に口に入れた。ゆっくりと味わい、パリパリと音を立てて揚げパスタを嚥下《えんか》する。頬がほころんでいる。

鈴音も塩味の少ないジューシーなスタッフドオリーブと、プレッツェルのような食感の揚げパスタを堪能《たんのう》し、白ビールで喉《のど》を潤した。

「んー、たまんない」

目を閉じてつぶやく。胸が多幸感で一杯になる。

この瞬間だけは、日々の悩みが些末《さまつ》なものに思えてくる。

経営の苦労、立ち仕事での疲労、女一人暮らしの孤独。そして……。

隣に座る綾乃への、微かな嫌悪感と劣等感。

それらの黒い感情の粒たちが、美味しいという感覚で溶け、流されていく。

自然と、鈴音の声はやさしさを帯びた。

「まさか、綾乃さんが代官山に越してくるなんてねえ。しかも結婚して」

「意外だった?」

「昔からしっかり者で女らしかったから、引く手数多《あまた》だとは思ってた。でも、お相手が外資系のディーラーさんだったのがちょっと意外。どこで知り合ったの?」

「婚活パーティー」

婚活?　と声が大きくなる。さらりと言ってのけた綾乃が、カクテルをひと口飲んでから話を続けた。

「仕事するのが嫌になって、婚活したの。意外と早くご縁があってよかった」

「……仕事って、あれから何をしてたの？」

「小さな会社の事務。もう、退屈で死にそうだった。現場で駆けずり回ってた頃《ころ》が恋しくなったよ」

現場。それは、彼女が人気男性シンガーの現場マネージャーだったことを意味する。

「あれからもう五年か。懐かしいね」

綾乃が視線を遠くにやった。

「うん。時間が経《た》つのがすごく速い」

鈴音の視線も空を彷徨《さまよ》う。

実は、鈴音も綾乃も五年前に音楽業界から去り、転職していた。そのきっかけになった男の顔が、鈴音の脳裏に浮かぶ。

リョウ。彼はシンガーソングライターで、ギターリストだった。

アグレッシブなロックからメロウなバラードまで、幅広い層の支持を集めるポップス系シンガー。京都出身でアイドルにもなれそうな容姿だったため、デビュー同時は〝古都のロックアイドル〟などと称すメディアもあった。

だが、その抜群の歌唱力と美声、普遍的な歌詞とメロディは万人を魅了し、テレビやラジオなどで垣間見《かいまみ》られる気さくな素顔とも相まって、一気にスターダムを駆け上っていった。

鈴音にとってリョウは、軽音楽サークルのOBでもあった。大学を卒業して小さな音楽事務所に入ったものの、仕事がなくてバイト生活を送っていた鈴音をサポート奏者に起用してくれたのは、サークルつながりの縁があったからだ。

一緒に音楽を奏でたおよそ四年間は、自分の人生で一番華やかで輝かしい月日だったと、鈴音は思っている。

「メニューに加茂ナスがあったじゃない？　実は、みんなで京都に行ったときのこと、思い出したんだ」

綾乃がまた、視線を遠くにやった。

「リョウの実家にお邪魔して、お母さんがお豆腐料理や鱧《はも》の天ぷらとか出してくれて。加茂ナスのお漬物が美味しかった。お酒飲んで次のアルバムのこと話し合って……。楽しかったな」

もちろん鈴音も覚えている。あれは丁度、今と同じくらいの季節。メンバーは鈴音とマネージャーだった綾乃、あとはプロデューサーやサポートメンバーの男性たちで、大原《おおはら》にあったリョウの実家に招かれたのだ。

三千院《さんぜんいん》で有名な大原。天狗《てんぐ》伝説が残る鞍馬《くらま》。川床《かわどこ》が風流な貴船《きぶね》――。

日中はリョウの案内で京都観光を楽しみ、夜は酒を酌み交わしながら散々話し合い、記念すべき十枚目のアルバムのプランを練った。

「……うん、楽しかったね。この時期になると、あの京都旅行を思い出すよ」

かつての仕事仲間と共有した、かけがえのない時間。

鈴音はその記憶が、綾乃とのあいだにあった透明な壁を、一気に壊してくれたような気がした。

「いらっしゃいませ」

薫が二組目の客を迎え入れた。若い男女六人組。カウンターの中央に座った彼らのおしゃべりで、店内が一気に賑《にぎ》わう。続いて、壮年の男性とその娘くらいの年齢の女性が来店し、入り口に一番近いカウンターの隅に座った。鈴音たちの対面の席だ。ガヤガヤと話声が響き、さらに賑やかさが増していく。

鈴音たちはほぼ無言でオリーブに舌鼓を打ち、食前酒を飲み干した。

ほどなく、焼きたてのフォカッチャと前菜の皿、発泡酒のグラスが二人の前に置かれた。ほのかな湯気を立てるフォカッチャの香ばしさが、食欲を刺激する。

前菜の白い皿には、薄くスライスされたナスとトマトが美しく円状に並び、中央に白くてツルンとした丸いものがある。卵よりもずっと大きい茶巾《ちゃきん》状の塊だ。

「本日の前菜、〝加茂ナスとフルーツトマトのマリネ、ブッラータ添え〟です」

「ブッラータってなんだっけ？」と首を捻《ひね》った鈴音に、薫が「フレッシュチーズの一種です」と答える。

「簡単にご説明すると、クリームをモッツァレラで包んだフレッシュチーズ。こちらはクリームにマスカルポーネも加えた、当店オリジナルのブッラータです」

「へえ、これがブッラータ。知ってたけど食べたことなかった」

綾乃がうれしそうにつぶやく。鈴音の心は飛び跳ねている。チーズ大好き！　と叫びたいくらいに。

「マリネは、京都から今朝届いた加茂ナスとフルーツトマト。新鮮なオリーブオイルとビネガーでマリネして、赤コショウと岩塩で味付けしました。そのままでも、チーズと一緒でも、お好きなように食べてくださいね」

「いただきます！」

堪《こら》えきれずに鈴音がカトラリーを手に取る。

まずはそのままでナスを食べてみた。マイルドな酸味と、まるで果物のようなナスの甘み、赤コショウのまろやかな辛みが舌の上でハーモニーを奏でる。

「美味しい……」

ため息をついてから、発泡酒を飲む。薫が選んでくれたのは、イタリア・プーリア産のスプマンテ。軽い爽《さわ》やかな飲み口が、食欲を増加させる。

次に、絹ごし豆腐のようにやわらかく、いかにも瑞々《みずみず》しいブッラータの表面を切ると、中から濃厚なクリームがトロリと流れ出た。

「うわ、すごい！」

その様子を見ているだけで、舌が唾液《だえき》で濡《ぬ》れてくる。

まずはひと口。

超クリーミー。濃縮されたミルクの香りが感覚を支配する。

臭みなど一切なく、マイルド。極めて柔らかいレアチーズケーキに、甘味ではなく僅《わず》かな塩味を加えたかのようである。いくらでも食べられそうだ。野菜のマリネとの相性も抜群。カトラリーを動かす手が止められない。

温かいフォカッチャを千切って、チーズを絡めて口に運ぶ。

――ああ、幸せ……。

「お味、どうですか？」

調理の手を止めた怜が、カウンターの中から尋ねてきた。

「怜さん、最高。美味しすぎる！」

「よかった」と目の脇にシワを作り、素早く調理に戻る。

カウンター越しに忙しく身体を動かす、ちょっとかわいいイケメン。それをチラ見しながら味わう美味しい酒と料理。これぞ至福である。

「スプマンテも美味しい。すごい店だね」

綾乃に言われて「そうでしょー」と相槌《あいづち》を打つ。

本当は秘密にしておきたかった、鈴音のお気に入り店。そこに綾乃を連れてきたのは、どうしても彼女に訊きたいことがあったからだ。口を軽くさせる手っ取り早い手段が、飛び切りの美酒と美食だと思ったから。

しかし、鈴音は今、自分の思惑など忘れそうになっていた。

トラットリア代官山のコース料理が、あまりにも美味だったからだ。

メニューに〝サマートリュフ、グリーンアスパラガス、タヤリン〟と明記されていたパスタ料理は、卵黄のみで練った手切りパスタ〝タヤリン〟を茹《ゆ》でて、オリーブオイルとバターで和《あ》え、その上にサマートリュフとパルミジャーノチーズをたっぷり載せた逸品。鮮やかな緑のアスパラガスが、シンプルな料理のアクセントとなっている。

薫がパスタの上にすり下ろしてくれたサマートリュフは、皮の色こそ黒いが黒トリュフほどの強い香りではなく、コクのあるタヤリンの味を潰《つぶ》さずに引き立てる。同じく薫がすり下ろしたパルミジャーノチーズが、縮れ気味の黄色い麵《めん》にまとわりつき、トリュフと共に食した瞬間の感動は格別だった。

その後に登場したのは、大きなカサゴを一匹丸ごと使った〝鮮魚のアクアパッツァ〟。白身魚や貝類をオリーブオイルと水で蒸し煮にした、シンプルで、だからこそ素材の鮮度が大事になる料理だ。なんと主役のカサゴは、今朝、小田原《おだわら》の海で釣り師がとった鮮魚らしい。

「アクアパッツアは元々、南イタリアの漁師が作っていた郷土料理。〝暴れる水〟という意味があって、船の揺れで鍋《なべ》の中が激しく揺れるから、そんなネーミングになったそうですよ。今回は、新鮮なカサゴとアサリ、ヤリイカをたっぷり使いました」

そんな薫の説明も食事を楽しませてくれる。

パスタと魚料理に合わせたのは、シチリア産の辛口白ワイン。これまた料理を引き立てる味で、辛口なのに水のごとく飲めてしまった。

そしてメイン料理が、炭火で焼いた〝雉もも肉のタリアータ〟。このタリアータとは、焼いた肉を薄くカットしたイタリア料理だ。ザクロを使ったフルーティーなソースが、淡白な雉肉を滋味深く美味なひと皿に昇華させている。この雉も、契約猟師から届いたものだというのだから驚きだ。壬生菜のサラダも新鮮そのもので、鮮度への強いこだわりが伝わってくる。

それに合わせたトスカーナ産の赤ワインは、果実味が強くて熟成香が少なく、至福の時間を彩っている。

どの料理も素晴らしい。特に、初めて食べたブッラータは特筆ものだった。うちでも取り入れてみたいな。たとえば、ブッラータとフルーツトマトのサンドイッチ。ああでも、原価が高すぎて無理か……。

瞬時に断念した鈴音の視界を、薫が横切った。

カウンターの中でテキパキと給仕をする薫。その奥でせっせと調理をする怜。鈴音から見ると容姿も背丈もお似合いの二人で、初めは夫婦かと思ったのだが、そうではないらしい。姉と弟でもなければ、親戚《しんせき》でもない。でも……。

単なる雇い主と料理人、ではない気配がする。なんとなくのカンに過ぎないのだが。

まあ、どんな関係でもいいや。末永くこの店が続きますように。

そう願いつつ、鈴音はメインをキレイに平らげた。


「……最高だったねえ」

何度目かの感嘆の声を出した綾乃が、デザートの〝ピスタチオ入り柿のジェラート〟を食べ終えた。

「でしょ。美味しいし胃にもたれないし、日替わりでメニューが変わるから、通っちゃいたくなるんだよね」

などと答えながら、鈴音は考えていた。

――さて、どうやって話を切り出そうかな。

鈴音がエスプレッソのカップを持ち上げ、さり気なく話しかけようとしたら、綾乃が唐突に言った。

「――リョウ、でしょ？」

「え？」

頭の中を読み取られたのか？　と動揺した鈴音を、彼女が鋭く見つめる。

「今夜の趣旨。ここにわたしを呼んだの、リョウのことと関係あるんでしょ？」

不意打ち。言葉に詰まった鈴音は目を泳がせる。

「だって鈴音ちゃん、ぜんぜんリョウのこと話題にしないんだもん。逆に不自然だった。だから、本当は彼のことでなんか話したいけど、タイミングを計ってるのかなって思ってたんだ」

そして、綾乃は薄く笑いながら言った。

「話せることなら話すよ。もう五年も経ったんだもの。あの人が死んでから」

リョウは五年前、彼が三十歳のときに交通事故で亡くなった。

夜中の山道で、運転していた車ごと崖《がけ》から落ちたのだ。

原因は自身の運転ミス、と報道されたが、あの頃は独立問題で事務所と揉《も》めていたこともあり、自殺疑惑、薬物摂取疑惑、仕組まれた事故など、いろんな噂《うわさ》がささやかれていた。

しかし、リョウの近くにいた鈴音は、それらが憶測にすぎないと知っていた。

あれは不幸な事故だったと、今も信じている。

「実はね、連絡があったの。レコード会社の園田《そのだ》さん。リョウの宣伝担当だった人。年末にリリースする没後五年のトリビュートアルバムに、どうしても入れたいリョウの曲があるって。綾乃さんも知ってるよね、『ホーム』って幻の歌」

綾乃が黙って頷く。

それは、生前最後のレコーディング。京都でプランを練った十枚目のアルバム制作中に、リョウが「昨日できたんだ」とギターで弾き語りをしていた歌。

子ども向けの番組で使用されるかもしれないと、うれしそうに話していた彼の笑顔を、今も鮮明に覚えている。

しかし、その直後に事故で逝ってしまったため、その曲の音源は存在しない。

ただ、レコーディングの様子を撮影したメイキング映像には、弾き語りをしているリョウの姿と共に、歌声が収録されているはずだった。

ビデオカメラを回していたのは、現場マネージャーだった綾乃だ。

「あのとき彼が歌ってたのが、『ホーム』の唯一の音源。そのメイキング映像を、特典としてアルバムに入れたいんだって。だけど、どこを探しても映像が残ってない。で、綾乃さんに連絡を取ったら、『自分も知らない』って言われたって……」

「うん。園田さんにそう答えたよ」

即答した綾乃は、相変わらずのポーカーフェイスだ。

鈴音は再び口を開く。

「私も園田さんから訊かれた。メイキング映像のコピーを持ってないかって。持ってないって言ったら、すごく残念そうだった」

「そっか」

それで？　と言わんばかりに綾乃が首を傾げる。

鈴音はしかと彼女を見据えた。

「綾乃さん、本当に何も知らないの？」

「……何が言いたいの？」

綾乃も鈴音を直視する。

鈴音はどうしても面と向かってしたかった質問を、彼女にぶつけた。

「メモリーカード、持ってたよね？」

「……メモリーカード？」

一瞬、綾乃の視点が泳ぎ、瞬《まばた》きが増えた。

――この人、とぼけてる。

直感がそう告げた。

憤怒《ふんぬ》にかられた鈴音は、ややきつい声音を発した。

「持ってたじゃん。〝九月十九日・アルバムレコーディング・メイキング〟ってラベルが貼《は》られたやつ。私、それのコピーがほしいって、綾乃さんに頼んだことあるよ。レコーディングスタジオの待合室で。覚えてるでしょ?」

するど綾乃は何かを思い出したかのように、ああ、とつぶやいた。

忘れてた振り。白々しい!

内心で叫びつつも、鈴音は平常心を保って話を続ける。

「でも、そのあとあんな事故が起きたから、コピーの件はうやむやになっちゃった」

人気シンガーの事故死で世間は騒然となり、リョウという船長がいなくなった船は、マスコミ取材やファンの慟哭《どうこく》で荒れまくる嵐《あらし》の海に放《ほう》り出された。乗組員だった鈴音たちも揉みくちゃにされ、鈴音はキーボードの職を失った。

綾乃もマネージャー業を辞め、連絡を取り合うこともなくなった。そのため鈴音は、メイキング映像のコピーのことなど、とうに諦《あきら》めていた。

「本当は持ってるんでしょ、リョウの映像。なのに、なんで知らないって嘘《うそ》ついたの?」

なんで私にコピーをくれなかったの? と、鈴音は内心で付け加える。

私だって、手元に残しておきたかったのに。

彼が弾き語りをした、最後の歌声を。

しかも、自分にとってあれは、〝単なるリョウが作って歌った曲〟ではないのだ……。

少しの間があって、綾乃が答えた。

「ナイショ」

茶化したような言い方をされ、全身の血が沸騰した気がした。

口から出たのは、鈴音自身も驚くほど低く、凄《すご》みの利いた声だった。

「ふざけんなよ」

少し声が大きかったかもしれない。店の中にいる人々の視線を感じる。それでも鈴音は、綾乃だけを睨《にら》み続ける。

「なんでもったいつけんの？　何様のつもり？　人をからかうのがそんなに楽しい？」

言いながら両手を握りしめる。爪の食い込んだ手の平が痛む。

その瞬間、綾乃がひどく真剣な顔をした。

「楽しくなんてない。でも鈴音ちゃんだって、わたしに嘘、ついてたでしょ？」

渾身《こんしん》の剛球を、そのままの勢いで返されたかのようで、鈴音は息を止めた。

「わたしと鈴音ちゃんって、嘘つき同士、なんじゃないかな」

真っすぐな綾乃の目に吸い込まれてしまいそうで、思わず下を向く。

……まさか、あの秘密が綾乃にバレてる？

鈴音の血の気が引いていく。ワインの心地よい酔いも、極上の食事で得た高揚感も、とっくに醒《さ》めていた。

すると、いたって冷静な綾乃の声が、衝撃と共に耳に入ってきた。

「このあいださ、芸能記者が来たんだ。リョウの疑惑について」

ビクリ、と鈴音の肩が動く。

「……リョウの疑惑？」

「ゴースト疑惑」と、綾乃はさらりと言った。

「生前から噂あったよね。別の人がリョウの名義で曲を作ってるんじゃないかって。トリビュートアルバムで再注目されるから、このタイミングで蒸し返すつもりなのかもね。ほかに追うべき事件、いくらでもあるだろうにねえ」

やれやれ、と言った感じの表情をしてから、綾乃は再び鈴音の目を覗き込む。

「……鈴音ちゃん、何か知ってるんじゃないの？」

魔女のような千里眼。なんだか恐ろしい。何も答えられない。

鈴音はすでに、自分よりも遥《はる》かに上手だった綾乃を呼んでしまったことを、心の底から後悔していた。

「――なんてこと、わたしは訊かないよ。人が胸の奥に抱えてること、ほじくり返すような悪い趣味はないから」

嫌味も上手。鈴音の完敗である。

「あの映像が入ったカードは、本当に失《な》くしちゃったの。引っ越しのときに。コピー、渡せなくてごめんね」

　一拍置いてから、綾乃がゆっくりと言った。

「あなたも嘘つき。わたしも嘘つき。お互い様だよね」

　立ち上がった綾乃が素早く身支度をし、財布からお札を抜いてテーブルに置く。

「先に帰るね。いいお店を教えてくれてありがと」

　茫然《ぼうぜん》とする鈴音には、入り口扉に早足で進む綾乃を、止める術《すべ》が思いつかなかった。


「悔しい……」

　ポツリと言葉がこぼれた。最後まで二の句が出てこなかった自分が情けない。

　だけど、どうすることもできない……。

「鈴音さん、なにかお飲みになります？」

　カウンター内からやさしく声をかけてくれたのは、店主の薫だった。

　内心の暗雲を隠し、明るく答える。

「はい。すっかり醒めちゃいました」

「じゃあ、甘いデザートワインでもいかがですか？」

「いただきたいです」

　軽く笑んでから、薫が大きなワイングラスに琥珀《こはく》の液体を注ぐ。

白くて大きな手が美しい。

「シチリア産のマルサラです。デザートのティラミスにも使う、アルコール度数の高い酒精強化ワイン。ゆっくり味わってくださいね」

受け取って香りを吸い込む。干しブドウやハチミツを想起させる風味が、鼻孔《びこう》を刺激する。ひと口飲むと、熟成度の濃さからくる濃密な甘みが、舌の上にふわりと広がった。

「美味しい。あー、生き返った。身体が軽く感じる」

言葉にした途端、本当にそう思えた。

「私も酒精強化ワインが大好きなんです。マルサラ、美味しいですよね。あと、ポルトガルのマディラ酒とか、スペインのシェリー酒とか」

「薫さんは何が一番お好きなんですか？」

「んー、一番はシェリーかな。熟成度の長いミディアムが好きですね」

「ミディアム？」

「シェリーって超辛口から超甘口まであるんですけど、その中間に位置するのがミディアムなんです。辛さの中にほんのりとした甘味があって、すごく飲みやすい。クセが少ないからいろんなお料理に合いますし、食後酒としてもオススメです」

「へええ。ここでも飲めるんですか？」

「今夜は切らしているんですけど、また仕入れる予定です。うちはイタリアだけじゃなくて各国のお酒をご用意してるので、機会があったらミディアムも飲んでみてくださいね」

「ぜひ飲んでみたいです」

マルサラの酔いで浮遊感がしてきた鈴音の前に、シェフの怜が指先の長い手で白い皿を置いた。中身は、オレンジ色の小粒なチーズが数個と、枝付きの干しブドウ。

「ミモレットチーズとドライフルーツ。マルサラのお供にどうぞ」

「わあ、ありがとうございます」

二人のあたたかいサービスが、肩の強張《こわば》りをほぐしてくれる。

綾乃の件は一旦《いったん》忘れる努力をして、店内を見渡した。

男女六人組の客はすでに帰り、残っていたのは対面のカウンターに座る壮年の男性と、その娘くらいの女性だけだった。

「さっきお出ししたカサゴ、あちらのお客様が小田原で釣ってきてくれたんですよ」

薫に説明され、「そうなんですか！」と男性を見る。

仕立てのしっかりしたブルーのジャケットに、Tシャツとジーンズ。細身で日焼けした顔に白い歯が爽やかで、ダンディ、という言葉が浮かんでくる男性だ。

「この上でブティックを経営してる工藤徹《くどうとおる》さん。お隣は、お嬢さんのルカさん」

紹介を受けた工藤がウィンクを、ルカが会釈をよこした。ルカはセミロングでややポッチャリとしたOL風の女性だ。

「カサゴ、美味しかったです。ありがとうございました」

席についたまま声を上げると、「でしょー。俺《おれ》が認めた魚だからね。外れっこなしよ」と、工藤が朗らかに言った。いかにも人の良さそうな顔つきである。

「お嬢さん、お名前は？」と工藤が大声で話しかけてきた。

「あ、鈴音です。中目黒でお店やってます」

「ほほう、同業者ですな。よろしければ、こちらでご一緒に……」

「お父さん、飲みすぎ。そろそろ行くよ」

ルカに腕を摑《つか》まれ、工藤が「いいじゃないか」と顔をしかめる。

「ダメだよ。これからお隣の重《しげる》さん、うちに来るんでしょ。町内会の打ち合わせ」

「あれ、そうだっけ？」

「もー、だから飲みすぎだって言ってんの。帰るよ」

「なんだよ、どんどん母さんに似てくるな」と、工藤がしぶしぶ立ち上がる。

「ごめんなさい、うちの父、すぐ女性に声をかけちゃうんです。気にしないでくださいね」

謝るルカに苦笑を返す。

「おい、人をスケベ親父《おやじ》扱いすんじゃないよ」

「だって本当じゃん。このあいだも若い女とデートしてたでしょ。再婚なんて絶対にやめてよ。後妻業かもしれないんだから」

「なんだと。この俺が詐欺に引っ掛かるわけないだろ」

「はいはい、モテモテ父さん。今日は帰るよ」

まだ飲み足りなさそうな工藤を引きずるように、ルカは扉から出ていった。

「楽しそうなかたたち。常連さんですよね？」

急に静かになったカウンターで、鈴音は薫に問いかけた。

「ええ。ルカちゃんはたまにですけど、工藤さんはほぼ毎日来てますね。だから、工藤さん用の席はいつも空けてあるんです。釣りが趣味なので、いい魚が釣れると持ってきてくれるんですよ」

「へー。そういうのって、いいですねえ」

「ありがたいです」

深く頷いた薫が、グラスを磨き始めた。怜はキッチンで腕を動かしている。ズンドウ鍋から立つ湯気が視界に入り、鈴音を和やかな気分にさせる。

「あー、気分転換になった。さっきまで私、悔しくて泣きそうだったんです」

薫が穏やかな笑みを浮かべて鈴音を見た。包み込むようなやさしい笑顔。

ふいに何もかも打ち明けて、楽になりたくなった。

「薫さん、ちょっと聞いてもらっていいですか？」

「もちろん。二回転目のお客様がいらっしゃるまで、まだ時間はありますから」と答えた薫に、鈴音は胸の内を明かすことにした。

キーボードのサポートメンバーとして、リョウと苦楽を共にしてきた鈴音。

実は、リョウに憧《あこが》れていた。いや、はっきりと恋心を抱いていた。

一度だけ、男女の関係になりかけたことがある。ライブの打ち上げの帰り道、上がりっぱなしのテンションのまま、二人でラブホテルに入ったのだ。

彼は少し乱暴だったけど、いつもはギターをつま弾く指が初めて自分の肌を這《は》った瞬間、痺《しび》れるような心地よさで全身が震えた。まるで、楽園の夢を見ているような快感だった。

しかし、途中で背中を向けられた。

「やっぱ、仕事仲間とは無理」と、リョウは醒めた声で言った。

ひどい……。

脱がされかけた服を戻しながら、鈴音は密《ひそ》かに涙ぐんでいた。

だが、ここで関係を持ってしまったら、仲間としてフランクに見てもらえなくなるかもしれないと、自分で自分を慰めた。リョウの仲間、というポジションだけは、絶対に失いたくなかった。

そんな中、綾乃が現場マネージャーとしてやってきたのだ。

すぐにみんなのマドンナ的存在になった綾乃。地味でガサツな自分とは対照的な、眩《まぶ》しいくらい美しい女。

ある日、鈴音は目撃してしまう。

綾乃がリョウのマンションから、彼のTシャツを着て出てきた瞬間を。

その日から鈴音の中に、リョウと綾乃に対する黒い疑念が芽生えたのだった。

マネージャーだから、マンションに行くこと自体は不自然ではない。だが、彼のTシャツを着ていたのは、どう考えても不自然だ。

あの二人は、男女の関係になっているのかもしれない。

私には「仕事仲間とは無理」と言ったのに……。


「――だけど、確定的な証拠じゃないですよね。綾乃さんが何かをこぼして、彼にTシャツを借りただけかも。そんな風に思うことで、なんとか心の折り合いをつけてたんです。でも、あの人、私に嘘ついたんですよ。本当はメモリーカードを独り占めしてるんです。もしかしたら、あの映像で一儲《ひともう》けしようと企《たくら》んでるのかもしれない」

また悔しさが押し寄せ、鈴音は口元を歪《ゆが》めた。

「……あ、分かった。リリースしてない楽曲に著作権はないから、誰かに提供するつもりなのかも。自分が作ったって嘘ついて。あの人、音楽業界にコネクションがあるから、やろうと思えばできるはずなんですよ」

　薫は困ったような顔で鈴音を見ている。

　こんなくだらない話を聞かせて悪いな、と思いつつも、酔いが回ってきた鈴音のおしゃべりは、どうにも止まらない。

「仕事もしないで、代官山のマンションでぬくぬく暮らしてるくせに。旦那の稼ぎで。あーもう、世の中不公平すぎる！」

「ホントそうですよね」と、怜が会話に入ってきた。薫は鈴音に会釈をしてからトイレに向かい、ドアの中に入っていった。

「人間って、生まれたときから個人差がありますもんね。ＨＰもＭＰも」

「ＨＰ？」

「ＲＰＧとかのパラメーターです。ヒットポイントとマジックパワー。フィジカルな力も精神的な強さも、初めから差がありすぎですよ。あと、財力とかコネ力とか」

「そうそう、その通り！　怜さん、分かってる」

　怜のノリの良さに、鈴音の気持ちが浮かれ出す。

「自分もパラメーター、低めでしたから」

「私も！　父親はしがないサラリーマン、母親はパート。めっちゃ平均的な庶民」

「お生まれはどちらで？」

「埼玉《さいたま》の草加《そうか》。怜さんは京都生まれなんですよね。京都のどこなんですか？」

つい質問したくなった鈴音に、彼は「祇園《ぎおん》です」と答えた。

「わあ、祇園！　もしかして、実家がお茶屋さんだったりして」

「そう、でした」

「え？　そうなんですか？　やだ、パラメーター低くないじゃないですか」

「いや……」

ちょっと口ごもったあと、彼は極めて明るく言った。

「生まれてすぐ、店は潰れて一家離散。今は天涯孤独な感じです」

ニッコリと笑って右の親指を突き立てる。

「あ、ああ、その……」

なんと言ったらいいのか分からず、鈴音が口ごもると、戻って来た薫が「怜」と彼を軽く睨んだ。

「余計なおしゃべりはしないの」

「失礼しました」

軽くお辞儀をしてから、怜がその場を離れる。おそらく彼は、わざとピエロを演じて、憤慨していた客をなだめてくれたのだろう。

鈴音はうつむいて考え込んだ。

自分の親は二人とも元気だ。帰る実家もある。

世の中、不公平。

それを自分以上に痛感しているのは、怜さんなのかもしれない……。

「あの、鈴音さん」

薫の声で我に返る。

「はい」

「お連れの綾乃さん、忘れ物をされたかもしれないんです」

彼女は、ブックカバーのされた本を手にしていた。

「これ、女性用のトイレに落ちてて。最後に入ったのは綾乃さんなんですよ。もしかしたら、お子さんの本かもしれません」

それは、書店のカバーがされた幼児用のドリルだった。中をめくると、使用した跡がある。

子ども？　え？　子ども？

「……まさかっ」

思わず声を張り上げた。

綾乃は三か月前、エリート会社員と結婚したばかり。でも、その子はドリルが解けるくらいの幼児。たとえば、五歳くらい？

だとしたら、その子の父親は……。

「リョウの子ども……？」

鈴音は目を皿にしてドリルの書き込みを見た。リョウの字と似ているのではないかと、たかが字なのに彼の面影を探す自分が情けない。

「すみません、別のお客様の本かもしれませんよね。ご本人に確認してみないと」

ややあわてたように薫が言った。怜が素早く歩み寄り、「鈴音さんに連絡してもらったほうがいいかもですね」と提案する。

鈴音は速攻で首を横に振った。

綾乃とは、もう二度と話したくない。

「預かっててください。忘れ物に気づいたら、本人が取りにくるでしょうから」

「承知しました」

お辞儀をしてから、薫は入り口扉に向かった。「いらっしゃいませ」と客を迎える。二回転目の予約客が入ってきたのだ。

「怜さん、お会計お願いします」

「はい、いつもありがとうございます」

すでに準備されていた伝票を渡され、現金で支払う。すぐに薫が釣銭を持ってやってきた。

「ご馳走《ちそう》さまでした。今夜も本当に美味しかったです。無駄話しちゃってすみません」

「いえいえ。ありがとうございました。また来てくださいね」

薫に丁寧に送り出され、鈴音はトラットリア代官山をあとにした。


代官山の駅から東横線に乗り、五駅だけ人ごみに揺られて自由《じゆう》が丘《おか》駅で降りる。

駅から徒歩十五分の住宅街。古びた三階建てのマンション。ひび割れたコンクリートの階段をあがり、ペンキの剝《は》げたドアを開ける。

「ただいま」

と声を出しても、返ってくる声などない。

散らかったワンルーム。鈴音はバッグをベッドに放り投げ、仰向けに横たわった。

目線の先に、埃《ほこり》まみれのキーボードが置いてある。リョウがこの世を去ってから、一度も触れていない。

枕《まくら》もとのリモコンを操作して、ステレオの電源をつける。リョウの声が流れてきたので、急いで別のアルバムに替えた。こんなときは、ヨーロッパのアッパーなダンスミュージックがいい。今は、リョウの歌など聴きたくない。

――鈴音はリョウの、ゴーストライターだった。

スランプになった彼の代わりに、後期の彼の作詞・作曲をしていたのだ。

以前から、作り溜《た》めていた曲をリョウに見てもらっていた。アドバイスをもらい、せっせと直し、いつかプロの作曲家になれたら、などと夢見ていた。

「あのさ、ちょっと相談があって……」と苦し気な表情で言われたのは、ラブホテルで二人が未遂に終わった直後だった。

「鈴音の曲を、俺にくれないか。助けてほしい。お前しかいないんだ」

そう懇願されたときは、複雑な想《おも》いで胸がざわついた。

リョウに作曲能力を認められたのは、飛び上がるほどうれしい。

でも、彼のゴーストとして曲を差し出すのは、身を切られるほど辛《つら》い。

しかも、場所はラブホテル。こんなところで、あんなことがあったあとに……と考えると、かなり屈辱的でもあった。

しかし、鈴音は申し出を引き受けた。

断ったら、リョウの仲間ではいられなくなるかもしれない。

承諾したら、もっとリョウと近くなれる。

彼と近くなれば、いろんなチャンスが生まれるだろう。無名の自分では、ネットなどで曲を発表したところで、世に広がる可能性は限りなく低い。

何よりも、仲間としてリョウに求められる快楽にはあらがえなかった。

女としては求められなくても……。

口外厳禁の約束を交わして、リョウから与えられた多額の謝礼金。そのお陰で彼の没後、中目黒にカフェをオープンすることができたのだ。

皮肉なことに、鈴音がゴーストになってからリョウはさらに売れた。曲調が洗練されたと評判になっていった。

彼の支えになれるのはうれしかったが、常に納得しきれない何かも抱えていた。

そんな中、綾乃がリョウのマンションから出てくる姿を、目撃してしまったのだ。


ねえ、綾乃さん。本当はリョウと関係があったんでしょ？

あ、やっぱりそうだったんだ。私も秘密にしてたこと、告白するね。

彼が最後に歌った幻の曲、実は私が作ったんだ。ずっとゴーストだったの。

これ、絶対に秘密ね。

あの『ホーム』って曲は、「子どもでも歌えるような曲を」ってリョウに頼まれて作ったんだよ。

——てっく、てっく、てっく、てっく。うちに帰ろう、素敵な家。あの人が待つ、あの家に。

かわいい曲だったでしょ。

でも、リョウが歌ってくれたのは、あのレコーディングの弾き語りが最初で最後。だから、どうしても映像のコピーがほしいの。

もちろん、思い出にするだけ。

本当はメモリーカード、持ってるんでしょ？

綾乃さんも彼の思い出として持ってたから、それが世に出て広まっちゃうと、大切な思い出が薄まる気がして。だから、知らない、なんて言っちゃったんじゃない？　分かるよ、その気持ち。

え？　すぐに映像をコピーしてくれる？

うれしい。ありがとう。

綾乃さん、私にだけは本当のこと言ってくれると思ってた――。

そんな展開を期待していた。

お互いに打ち明け話をして悼みを分かち合えたら、気持ちが晴れるかもしれない。彼が自分の曲を歌った最後の映像を、入手できるかもしれない。

そう考えていたから、わざわざ食事をセッティングしたのに……。

――ナイショ。

――あなたも嘘つき。わたしも嘘つき。お互い様だよね。

「あの女、ふざけんなよっ！」

思わず枕を壁に投げつけた。

古びた小さな部屋。毎日足がパンパンになるまで働く自分。正直、経営は思わしくない。恋人もずっといないままだ。

対する綾乃は、代官山の高級マンションでエリート夫と暮らしている。身なりも洗練されていた。しかも、リョウとの子どもがいるかもしれない……。

「ああああーーームカつく！　ムカつく！　ムカつく！」

髪を振り乱して首を振り続ける。


――復讐《ふくしゅう》、してやんなよ。


ふと、悪魔のささやきが聞こえ、鈴音の動きがピタリと止まった。

あんた、本当はゴーストが辛かったんだよね。

でも、リョウと口外しないって約束したし、お金ももらっちゃった。

今までずっと、罪悪感や虚無感を引きずってたんだ。

だから、もう音楽は二度とやらないって決めたんでしょ？

でもさ、よーく考えてごらんなよ。

リョウはもう、この世にいないいんだよ。

約束した主がいないいんだから、約束なんて反故《ほご》にすればいいんだ。

ホントは私が作ってました、ゴーストでしたって、大声を出せばいいんだよ。

彼とのメールのやり取りが、ゴーストの証拠になるじゃない。

リョウのことなんて、ファン以外は忘れてる。トリビュートアルバムが出るタイミングだから、芸能記者が嗅《か》ぎまわってるだけ。

この機を逃したら、もう二度と声を上げるチャンスなんて来ないよ。

なんなら、元マネージャーとの隠し子疑惑も暴露すればいい。

あんたを利用した、リョウへの復讐。

あんたを見下した、綾乃への復讐。

それに――。

もしかしたら、それがきっかけになって、プロの作曲家になれるかもよ……。

「あーーーもう、うるさい！」

両手で両耳を押さえ、鈴音は内なる悪魔の声を止めた。

何もかもが面倒になり、そのまま朝までベッドに横たわって、音楽を聴き続けた。

翌日。中目黒のサンドイッチカフェ。

鈴音はピンクのエプロン姿で一階のレジカウンターに立ち、客に愛想を振りまいていた。

「お持ち帰りですね。少々お待ちください」

ガラスケースにズラリと並んだ手作りサンドイッチの中から、〝アボカドとツナ〟〝イチゴと生クリーム〟を取り出して包装する。

「――ありがとうございました」

オープン当時から手伝ってくれている学生時代の女友だちが、厨房で追加のサンドイッチを作っている。調理師の免許を持っている彼女がいたから、カフェを立ち上げることができたのだ。今では大事な相方だ。

鈴音がゴーストで得たお金は、ほぼこの店に費やしていた。

四十平米ほどの小さな店。二階がセルフサービスの飲食スペースになっていて、本棚には鈴音と相方が選んだ書物が並んでいる。好きに読んでもらうためだ。

美味しくて居心地がいいカフェ、とメディアで何度か紹介され、リピーターが増えたため、どうにかやってこられた。自分の食事はいつも、店の残り物。飲みに行くことだってほとんどない。トラットリア代官山に行けるのは、月に一度くらい。

それでも充足感はあった。なにしろ、ここは自分が築いた城なのだから。

ただ、ここ最近、売り上げは下降気味だ。どうすれば上向きになるのか、皆目見当がつかない。近所の個人店も、何軒かがつぶれている。

もし、ここが立ち行かなくなってしまったら……。

そう考えると、真っ黒な絶望感が押し寄せてくる。

――浮き沈みはあるんだから、気にしちゃだめ。

自分に言い聞かせたところで、紺色のキャップを被《かぶ》り、メガネをかけた男性客が入ってきた。

「いらっしゃいませ」

真っすぐレジに歩み寄った男が、「カフェオレください」と高めの声で注文し、小銭を釣銭用のトレイに置く。

「はい。店内でお召し上がりですか？」

「持ち帰ります」

「少々お待ちください」

飲み物を用意して手渡したら、男が「永野鈴音さん、ですよね？」と言った。

「あ、はい……」

ごくたまにリョウのファンから声をかけられるので、鈴音にとって名前を呼ばれるのは、決して特別なことではなかった。

だが、男はポケットから名刺を取り出し、顔を近寄せてきた。

「週刊パープルの記者で、金木《かねき》と申します」

ドキン、と胸が鳴った。

――来た。

「お仕事中にすみません。歌手のリョウさんのことで、伺いたいことがありまして。ほんの少しで構いませんので、お時間をいただけませんか?」

「……困ります」

と言いながらも、また悪魔のささやきが聞こえた。


チャンス到来!

これを逃したらダメ。全部話しちゃいなよ!


「本当はお電話するのが筋なんでしょうけど、直接お話を聞いたほうが早いと思いまして。リョウさんのゴースト疑惑について、何かご存じありませんか?」

「……知りません」

「皆さん、最初はそうおっしゃるんですよ。プロデューサーさんも、最初はそうだった。でも、いろいろ話してくれましたよ。元マネージャーさんも」

「マネージャー？」

それって綾乃のこと？

つい反応してしまった鈴音を、金木が狡猾《こうかつ》そうな目で見る。

「皆さんが何を話してくれたのか、ゆっくりお伝えします。お仕事終わりでいかがですか？　それまでお待ちしますんで」

悪巧みをしているような金木の表情に、鈴音は疑問を覚えた。

綾乃が何かを話したとは思えない。この記者は、大げさに煽《あお》っているだけではないのか？　ブラフってやつ。取材相手の興味を引くために。

それでも、話を聞いてみたいという、強烈な欲望を感じた。

流れ次第で、自分もゴーストのことを明かしてみたらどうだろう？

経営に不安を抱え続けるのではない、別の未来が開けるかもしれない。

いや、そんなことをしたら、新たな罪悪感で苦しむことになるのでは？

でも、でも、自分には作曲の実績があるのだ。それを葬ったままでいいのか？

「もし、こちらの欲しいネタを提供してくださるなら、お礼はしますよ。どんなカタチでも」

金木が鈴音を凝視している。

鈴音は、どんなカタチでも、という言葉に魅了された。

ゴーストの証拠との交換条件を、作曲家のチャンスと言ってみたら……？

「何時くらいに戻れば、お話しできますか？」

「ああ、えっと……」

答えようとした刹那《せつな》、店のガラスドア越しに男性客の姿が見えた。

今はジーンズのカジュアルな格好だが、コックコート姿の彼を鈴音は知っている。

――トラットリア代官山の安東怜だ。

「こんにちは」

笑顔で怜が入店した瞬間、その場に高潔な光が差した気がした。

その眩しさが自分の邪念を浮き彫りにしたかのようで、胸苦しくなってくる。

「お話なんてできません。お帰りください」

鈴音がきっぱりと告げると、金木がため息を吐《つ》いた。

「名刺、置いていきますんで。いつでも連絡ください」

そそくさと金木が帰り、怜がレジカウンターにやってきた。

「お知り合いのかたですか？」

澄み切った怜の瞳《ひとみ》が、やけに眩しい。

「いえ、雑誌の記者だって言ってました。リョウについて何か調べてるみたいで。興味ないから追い返しちゃいました」

鈴音の心が、後ろめたさで一杯になる。

ふわり、と目を和らげてから、怜はガラスケースに視線を移した。

「どれも美味しそうだなあ。一度来てみたかったんですよ、鈴音さんのお店」

「ありがとうございます。今日はお店、お休みなんですか？」

「いや、休憩タイム。ここ、うちの店から歩いて十五分くらいだから、散歩がてら来てみたんです。サンドイッチ買いたいんだけど、オススメありますか？」

「今日は、明太子入り厚焼き玉子のサンド。あと、サーモンとクリームチーズのサンドがオススメかな」

「両方ください。二つずつ」

はい、と答えて素早く包装し、会計を済ます。

「もしかして、もう一つは薫さんの分ですか？」

さりげなく尋ねたら、「ええ」とうれしそうに頷いた。

「薫さん、簡単に食べられるものが好きなんです。仕事の合間にさくっと。最近痩《や》せてきちゃったから、美味しいものをたくさん食べてもらいたいなと思って」

「あら、怜さんが作ればいいのに」

「僕の料理は、いつも試食してもらってますから。実はダメ出しされることも多いんですよ。薫さん、店の味にはホント厳しいんで。本当は仕事抜きで味を楽しんでほしいんですけどね」

　やさし気な瞳を細める怜。

　薫さんのことが大事なんだろうな、と鈴音はほほ笑ましく思う。

　客足が途絶えたため、店内は静かだ。

「怜さん。よかったらコーヒー飲んでいきません？　サービスします」

「いいんですか？」

「もちろん。いつもお世話になってるんで」

「じゃあ、お言葉に甘えてブラックを」

　鈴音はカップにコーヒーを注《つ》ぎ、怜に手渡した。その場で飲み始めた彼が、うまい、とつぶやく。

「豆にはちょっとこだわってるんです」

「分かります。いい豆ですね。……あ、そういえば、忘れ物をされた綾乃さんから、店に電話がありましたよ。鈴音さんが帰られたあと」

「え？」

　一気に緊張感が押し寄せた。

「本を取りに来てくださるそうです」

「いつ？　いつですか？」

鈴音は、レジカウンターから身を乗り出してしまった。

「今日の夕方頃。うちがオープンする前に」

「夕方か。だったら会えるかな……」

相方に店を任せれば、少しくらいは抜け出せる。

あれ？　なんでまた綾乃と会おうとしてるんだろ？

二度と会いたくないと思っていたのに……。

逡巡《しゅんじゅん》する鈴音に、怜が穏やかに話しかけた。

「逢《あ》いたい人とは、逢っておいたほうがいいと思いますよ」

「え……？」

「僕にも逢いたい人がいます。だけど、もう逢えない。伝えたいことがあるのに、それは叶《かな》わない」

彼は静かに言って、どこか遠くを見た。

「もっと話しておけばよかったって、後悔してます。そんな想いはもうしたくない。だから今は、どんな人に対しても、言いたいことは全部言うように努めてます。自分の気持ちに正直でいたいんです。人と人の出会いは一期一会ですから」

そう言ったあと、彼は穏やかにほほ笑んだ。

「綾乃さん、四時ぐらいに寄るって言ってたかな。じゃあ、また。コーヒーご馳走さまでした。サンドイッチ、食べるのが楽しみです」

空のカップを置いて、怜が立ち去った。その意外と広い背中を見送りながら、鈴音は考えていた。

怜が会いたい人は、離散してしまったという家族なのだろうか？

それとも、別れてしまった恋人とか？　それとも……。

――考えたところで答えはない。

「一期一会か……」

確かに、人生、何が起きるか分からない。当たり前に会えていた人とも、思いも寄らぬ出来事で、いきなり会えなくなるかもしれない。リョウのように。


客足が途絶えたままなので、しばらく店内の清掃に没頭した。

ガラスケースを磨き、紙ナプキンを補充し、観葉植物を霧吹きで湿らせる。

時計を見ると、午後三時半を過ぎていた。

ぼんやりと、綾乃の顔が浮かんできた。

優等生風のしっかり者。いつも身ぎれいにしている女。仕事場で出会った当初は、苦手だと思っていた。

だが、いつしか仲間として打ち解け出し、京都旅行の際は女性二人に部屋を用意してもらったため、枕を並べておしゃべりに興じた。まるで学生のように、好きな男のタイプを語り合ったりした。翌朝はリョウの母親が用意してくれた朝食を、隣の席で笑い合いながら食べた。


「ご飯、お代わりしてもいいですか？」

綾乃がリョウの母親に空の茶碗《ちゃわん》を差し出す。

「もちろん。たくさん召し上がってくださいね」

旅館の女将《おかみ》のように品の良い母親が、うれしそうに茶碗を受け取った。

「私も！」と、鈴音も茶碗を差し出す。

「え、またお代わりすんの？　二人とも、女なのによく食うなあ」

寝ぐせのついた長めの髪を、リョウがしなやかな手でかき上げる。

「リョウさん、食べなさすぎ」

母親からお代わりの茶碗を受け取りながら、綾乃がリョウを軽く睨む。

「オレ、昨日の酒がまだ残ってて……うー」

端整な顔を思いっきり崩し、リョウが欠伸《あくび》をする。

よく飲んだもんなー、うちらって酒豪揃いじゃね？　と、男性陣が雑談をしている。

「綾乃さん、この加茂ナスの漬物、美味しくない？」

「美味しい。これと柴漬《しばづ》けをご飯に載せて、お茶をかけるの」

鈴音の目前で、綾乃が急須《きゅうす》のお茶をご飯にかけ始めた。

「あ、ぶぶ漬けだ。私もそうしよっと」

「ぶぶ漬けにするなら、あられを入れるといいですよ。ぶぶあられ」

リョウの母親が、極小のあられを皿に入れて持ってきてくれた。

「へー、これってぶぶあられっていうんだ」

早々とあられを入れ、ぶぶ漬けをひと口食べた綾乃が、パリパリと音を立てる。

「漬物とあられの食感。たまんない」

「昼飯食えなくなるぞ。川魚がウマい店、予約してあんのに」

低い美声で言ったリョウが、呆《あき》れた顔をする。

「大丈夫だって。このあといっぱい歩くから。ねえ、鈴音ちゃん?」

「もちろん。あー、京都のぶぶ漬けって最高!」


二度と戻れないあの日々。誰もが笑顔だった――。


「ごめん、ちょっとだけ出てきてもいい? なる早で戻ってくるから」

相方にレジを任せて、鈴音は店を飛び出した。

もう一度だけ、綾乃に尋ねてみよう。

リョウとのことを。メイキング映像の有無を。

目黒川を渡り、緩やかな坂道を駆け上がって、西郷山公園を通り過ぎる。

旧山手通りを横断し、大型書店の脇の路地裏を急ぎ足で進む。

住宅街の一角にある店、トラットリア代官山をひたすら目指す。

腕時計に目を走らせると、午後四時を少し過ぎていた。

螺旋階段を駆け下りて扉を開けたら、カウンターの中で薫が残念そうな顔をした。

「綾乃さん、三分くらい前に出られました」

「どこに行ったか分かります？」

「何も聞いてません。旦那さんを上に待たせてるって言ってましたけど……」

「ありがとうございます！」

再び階段を上り、綾乃が新居だと教えてくれたマンションの方向に走り出す。代官山駅近くの高層マンションだ。

根拠はなかったが、家に帰ったような気がした。

ここで綾乃と会えなければ、二度と話せない。

こちらから連絡をすることも、彼女から来ることもない。

なぜか確信めいた予感がして、いつもより人数が多く感じる往来の中、綾乃の姿を探し続けた。


ふいに、女性の後ろ姿が目に飛び込んできた。

モノクロ映像なのに、そこだけがカラーのように、くっきりと鮮やかに。

――いた!

全速力で彼女の元へ行き、背中を軽く叩《たた》く。

「綾乃さん!」

振り返った綾乃は、肩で息をする鈴音を見て静かに笑った。

「やっぱり来たんだ。お店に電話したから、鈴音ちゃんも来るような気がしてた」

彼女は、昨日とは雰囲気がまったく違った。化粧が薄く、服装はカジュアル。ショルダーバッグは布製で、動物の刺繍《ししゅう》がしてある。爪にはネイルがなく、短く切り揃えられている。前日に見たのは付け爪だったのだろう。

綾乃が立つ道端の少し先で、ふっくらとした体形の男性と五歳くらいの少年が、驚いた顔で鈴音を見ている。

「旦那と息子」とだけ綾乃は言い、「知り合いなの。ちょっとだけ待ってて」と男性に告げ、鈴音を電柱の陰に連れていく。

向き合った鈴音に、綾乃は何かを差し出した。

「これ、さっき薫さんからもらったんだ。なんだと思う？」

トラットリア代官山のロゴが入った、小さな白い紙袋だ。

「なに？　全然分かんない」

「加茂ナスの浅漬け。怜さんが昨日の残りで作ったんだって。お裾分《すそわ》け、って」

「加茂ナス……」

「わたしたちの会話が聞こえてたんじゃないかな。ほら、京都が懐かしいって、カウンターで話してたじゃない？　だから、わざわざ作ってくれたのかもね。わたしが忘れ物を取りに行くって言ったあとで」

まさか、亀裂《きれつ》が入った女同士の仲を取り持つために……？

「それで、また思い出しちゃった。楽しかった京都旅行のこと。だから、大サービス」

綾乃はショルダーバッグの中から、小さなメモリーカードを取り出した。

「メイキング映像。鈴音ちゃんにあげる」

「え？　そんな……」

ずっと欲しくて、でも手に入らないと思っていたものをポンと手渡され、鈴音は戸惑いを隠せない。

「これをどうするのかは、鈴音ちゃんに任せる。宣伝の園田さんに渡してくれてもいいよ。話題作りで特典映像にしたいんだろうから」

「なんで?」

鈴音は上ずった声で問いかけた。

「なんでこれを私に? あなたはリョウを想ってたんじゃないの? だから、思い出として持ってたんじゃ……」

「質問に答えるね。なぜカードを鈴音ちゃんにあげるか。それは、ここに入ってるのが、鈴音ちゃんの作った曲だから」

綾乃が早口で語り出す。

「ゴーストのこと、前から知ってた。リョウが絶対秘密だって教えてくれたの。鈴音には才能があるって、いつも褒《ほ》めてたよ。本当は昨日あげてもよかったんだけど、そんな気分にはなれなくて、失くしたって嘘ついた。もし次の機会があったら、渡してもいいかなと思ってた。それで、わざとトイレにドリルを置いてきたの。たまたま持ってたから。鈴音ちゃん、カンがいいからさ。いろんなことに気づいて、わたしに会いに来るかもなって思ったんだよね」

突然の告白に、鈴音は何も言えずにいた。

「このカード、ずっと持ち歩いてたんだけどね。もう過去は見ないようにしようかなって、なんとなく思ったんだ。もう五年も経ったし」

綾乃の視線が宙をさまよった。何かの面影を求めるかのように。

「もう一つの質問ね。リョウを想ってた？　そんなわけないじゃない。わたしは男に寄生しないと生きていけないタイプなの。鈴音ちゃんと違って」

少しだけ寂しそうに、綾乃が答えた。

やっぱり、彼女は嘘つきだ。

そう思った直後、鈴音の耳に歌声が飛び込んできた。


――てっく、てっく、てっく。

まだ幼い声。その主は、綾乃の息子だった。

――うちに帰ろう、素敵な家。あの人が待つ、あの家に。


「その歌！」

鈴音は一目散に息子の元へ駆け寄った。

「ねえ、それ、なんていう歌？」

「ホーム」と幼い息子が即答する。

次になんて言おうか迷い、自然に出てきた言葉は……。

「その歌、好きなの？」

すると息子は、大きな瞳を輝かせた。

「うん！　お母さんが好きな歌だから、僕も大好き！」

いつの間にか近くに来ていた綾乃が、腰をかがめて息子と目を合わせる。

「あのね、その歌はね、このお姉さんが作ったんだよ」

「そうなの？　お母さんじゃなくて？」

「そう。お母さんはおうちで歌ってただけ。お姉さんが作ったの。まだリョウジが生まれる前に」

息子の名前は、リョウジ――。

「お姉さんすごい！　ねえ、握手して！」

おずおずと差し出した鈴音の手を、リョウジは両手でしっかりと握った。

とても小さくて、とても温かい手だった。

「てっくてっくてっく。ねえ、これって僕の歌なんでしょ？」

彼はあどけない表情で、鈴音を一心に見上げている。

幼いながらもしっかりとした目鼻立ち。バランスのよい肢体。

そこには、明らかにリョウの面影があった。

鈴音は、すべてが腑《ふ》に落ちた気がした。

綾乃がカードを誰にも渡さずにいた理由。

それはきっと、息子だけの歌にしておきたかったから。

おそらく、生前のリョウは、綾乃の妊娠を知っていたのだ。

だから、鈴音に子どもでも歌える曲を、と依頼したのではないか。

彼は、生まれてくる子と一緒に歌える曲を、作っておきたかった。

不慮の事故でリョウが他界したあと、綾乃は一人で子どもを産んだ。

鈴音が作ったリョウの最後の曲を、綾乃は子どもに歌って聴かせていた。

あなたの歌だと言って。

そして、その子を育てるために婚活をして、父親になってくれる人を見つけた——。


「リョウジ、行くよ。お父さんが待ってる」

息子の手を引いて、綾乃が歩き出した。鈴音からどんどん離れていく。

待って。行かないで。もう少しだけ待って。

「そうだよ！」

鈴音は大声で言った。

「リョウジくん。あなたのために作ったの。あなたの歌なんだよ！」

綾乃が立ち止まった。

リョウジはうれしそうに、トコトコとこちらに戻ってくる。

リズミカルな歩み。長い手足。切れ長の目が、リョウにそっくりだ。

彼はまだ、この子の中で生きている。

「ありがとう」

再び鈴音を見上げて、リョウジが無垢《むく》な笑顔を向けた。

「いい歌。僕、大好き！」

リョウジは鈴音の腰に手を回し、しかとしがみついた。

まだ小さくて華奢な身体。鈴音も、彼の背中をそっと抱きしめる。

一度だけホテルで身体に触れた、リョウの遺伝子を持つ男の子。


ああ、あったかい。うれしい。愛《いと》おしい——。

ただただ純粋に、心からそう思えた。

これまで自分を苦しめてきたものを、すべて赦《ゆる》せる気がした。

歩み寄って来た綾乃が、声を出さずに唇を動かす。

――あ、り、が、と。

それから彼女は、今にも泣き出しそうな表情でささやいた。

「リョウのこと、誰にも言ってないの」

鈴音は何度も頷き、「分かった。秘密ね」と綾乃に笑みを見せる。

あなたは内緒でリョウの子を産み、私は内緒でリョウの曲を産み出した。

真実を知っているのは、私たち二人だけだ。

「リョウジ、おうちに帰ろう」

「うん！」

両の手で包んでいた愛おしいものが、スルリと腕から離れていく。

「じゃあ、鈴音ちゃん。またね」

「うん。また」

夕焼けの光が差す中、綾乃は夫と息子と共に、ゆっくりと去っていった。

――うちに帰ろう、素敵な家。あの人が待つ、あの家に。

母と息子が遠くで歌っている。

鈴音の視界が、じんわりとぼやけていく。

今、はっきりと分かった。自分が本当に欲しかったのは——。


リョウでもなければ、恵まれた綾乃の立場でもなく。

目の前の誰かが言ってくれる、「あなたの歌が好き」のひと言だったのだ。


片手で握りしめていたメモリーカードに目をやる。

これは誰にも渡してはならない、門外不出のカードだ。

ここに入っているリョウの歌は、彼の息子に捧げると決めたのだから。


トラットリア代官山に戻ると、薫がやさしく迎え入れてくれた。

「お帰りなさい。綾乃さんには会えましたか?」

「はい。たくさん話してスッキリしました」

「それはよかった」

「あ、鈴音さん」

控室から出てきた怜が、トラットリア代官山の紙袋を鈴音に渡した。

「これ、加茂ナスの浅漬け。よかったら食べてください」

「うれしい。ありがとうございます」

私と綾乃さんのために、わざわざ作ってくれたんですよね。

と感謝の気持ちを込めながら、「本当にありがとう」と深く頭を下げた。

「実は自分、元々は和食の板前だったんです。漬物、得意なんですよ」

「へえ。楽しみです」

ふと、怜の過去について尋ねたくなったが、失礼かなと思い留《とど》まった。

……あ、そうだ。

「また音楽、やってみようかな」

ふいに浮かんだ想いが、言葉となって飛び出した。

「いいじゃないですか！」と朗らかに言う怜。

「キーボードですか？」

薫に訊かれ、鈴音は「はい」と頷いた。

「あと、作詞作曲」

「鈴音さん、そんなことまでできるんですか？　すごいなあ。自分には無理です」

「本当。どんな曲を作られるのか聴いてみたいです」

「そんな、大したもんじゃないですよ」

（でも、たぶん聴いたことがあると思います。リョウのヒット曲で）

そう心中で付け加えてから二人に改めて礼を述べ、「また来ますね」と言って店を出た。


中目黒のカフェまで歩きながら、鈴音は今夜の夕飯について考えた。

怜さんの浅漬けと、冷蔵庫に残ってる柴漬け。あと……買い置きしてある煎餅《せんべい》を細かく砕いて、お茶を入れよう。煎餅はぶぶあられの代用だ。

ぶぶ漬けなんて、リョウの京都の実家で食べて以来だった。

炊き立ての白飯に刻んだ漬物と砕いた煎餅をたっぷり載せて、上から熱々のお茶をかけてから、ズズッと音を立ててすする。漬物を嚙んだときのパリパリ・サクサクとした音と食感が、たまらなく恋しい。

ああ、食べるのが楽しみだ。

Intermezzo Uno

（幕間1）

その日の営業が終わり、すべてのテーブルを片づけてから、二つのティーカップにアールグレイを淹《い》れてカウンターに座った。

本当は甘口のシェリー酒でもあおりたいところだが、まだ明日の仕込みが終わっていない。とりあえず紅茶を飲んでひと息つく。

「そうだ、薫さん宛《あ》ての郵便物、店に来てましたよ」

「ありがと」

怜から渡された郵便物をチェックしていく。水色の封筒が混じっている。

母からの手紙だ。中身はいつもの近況報告。

古風な母は、メールや電話よりも、手紙を好む。

薫の父と母は、薫が大学生の頃に離婚した。その後、父は病に倒れるまで独身を通したが、母は高校の同級生と再婚し、新たな家庭を築いていた。

その母は今、北海道で暮らしている。帯広《おびひろ》でワイナリーを経営する夫と、幸せに過ごしているようだ。

手紙を封筒にしまっていたら、怜が「今日の夜食は鈴音さんのサンドイッチです」と、皿に盛ったサンドイッチを運んできた。

「明太子入り厚焼き玉子、サーモンとクリームチーズ。厚切りのパンに具材がタップリ詰まってて、美味しそうですよね」

カウンターの隣に座った怜は、いただきます、と手を合わせ、厚焼き玉子サンドを頬張《ほおば》った。

ウマ、と言って紅茶を飲んでから、「これ、本当に美味しいです。卵焼きがジューシーで、出汁《だし》の味がしっかりしてて。この出汁、煮干しがかなり入ってますね。パンには辛子マヨネーズが塗ってある。明太子とマヨネーズと卵、テッパンの組み合わせです。パンは低温発酵っぽいな。どこのメーカーだろ……？」と、いつものように分析を始めた。手元にあったメモ帳に、なにやら書き込みをしている。

料理の分析と研究。いつもの光景だ。

「あれ？　薫さん、食べないんですか？」

「やっぱり、あとでいいかな。部屋に持ってって食べる」

この家の三階が薫の部屋。二階には怜が住んでいる。

怜はサンドイッチを取り皿に置き、心配そうに薫を見た。

「食欲ないんですか？」

「そんなことないよ。着替えてからにしたいだけ」

「ならいいんですけど。ちゃんと栄養とってくださいよ」

素直でやさしい怜。どうせ部屋を借りるなら店の上に住めばいいと、彼を住まわせたのは薫だ。今では弟に対するような気持ちを抱いている。

「それにしても、薫さん」

「ん？」

「今日、鈴音さんを見てて思ったんです。逢って決着つけないといけない相手って、やっぱりいるんだなって」

「決着？」

「そう」

怜はポットを取り、二杯目の紅茶を自分のカップに注いだ。

「そこで決着をつけられたら、前に進める。つけないままだと、過去に縛られる。僕にもそういう相手がいるんですよ」

「相手って？」

何が言いたいのか、よく分からない。

「……真守《まもる》さん」

――まもる。橘《たちばな》　真守。

久々にその名前を聞き、懐かしさで胸が締め付けられるような、無念さで胸が焼かれるような、とにかく痛みを伴う感覚がした。

大きな身体、柔和な笑顔。口数は多くないけど、聞き上手で穏やかだった真守。今から思えば、彼は自分のことを話すのが得意ではなかった。自らの感情は極力表に出さず、人に合わせることが彼の処世術だったような気がする。

「真守さん、急に居なくなったじゃないですか。薫さんに何も言わずに。僕は許せないんです。しかも、『必ず帰る』って置手紙まであったのに、もう三年以上も経ってるんですよ」

眉根を寄せて、目に怒りを滲《にじ》ませる怜を見るのは久しぶりだった。

「僕は、真守さんとこの厨房に立つつもりだったんです。あの人と薫さんに認められたかったから、この店で頑張ろうと思ってた。それなのに急にイタリアに行くって言い出して、それっきり音沙汰《おとさた》がなくて。このままじゃ、僕も薫さんも時間が止まったままのような気がするんですよ。薫さんだって真守さんを待ってるんじゃ……」

「あのね、怜」と、彼の言葉を遮った。

「その話はしたくないんだ」

――もう、真守のことは忘れてしまいたいから。

「……ああ、そうでしたね。すみません」

しゅん、とうつむく怜。その様子が雨の中に捨てられた子犬のようで、つい手を差し伸べたくなる。

「やっぱりサンドイッチ食べる。私はサーモンにするね」

「お、サーモンもチェックしておかないと」

怜の意識がサンドイッチに向かった。料理への探求心が尋常ではないため、矛先を向けると瞬時に集中し始めるのだ。


怜が口にした橘真守とは、薫と結婚を約束していた男性だった。

この店を一緒に継いでくれるはずだったイタリアンのシェフ。

それなのに彼は、薫の目の前から消えた。三年以上も前に、置手紙を残して。

『イタリアに行く。急にごめん。必ず帰る』

……今から思えば、別れの口実だったのかもしれない。誰にでもやさしくて、その分、弱さも秘めていた真守が選びそうなやり口だ。はっきりとは言わず、曖昧なまま離れていく。そうすれば、自分も相手も傷つかずに済むから。

そんな真守の性格を把握していたのか、彼の親も共通の友人たちも、真守が急に日本を離れた理由について「分からない」としか言わなかった。

父が亡くなって、この店を新規オープンさせようとしていた矢先のことだった。

なんて残酷な人だろうと、当初は怒りと恨みでいきり立ち、次第にその感情は真っ暗な絶望へと変化した。

どうせなら、きっぱり別れを告げてほしかった。君との未来が描けなくなったと、直《じか》に言ってほしかった。期待をもたせるような手紙など、置いて行かれた者を生殺しにするだけではないか――。

以来、薫は出口のない暗闇《くらやみ》のトンネルをさまよっていた。それを救ってくれたのが、いま目の前にいる怜だ。

「僕でよければ、ここの料理長をやらせてください」

怜の笑顔は、トンネルの先に見えたひと筋の光。

その光を頼りに、ここまで歩いてきたのだ。

「おお、サーモンとクリームチーズもウマい。粒マスタードとピクルスがポイントなんだな……」

サンドイッチをひと口食べた怜が、何やらメモを取り出した。

――怜。得難いビジネスパートナー。あなたは私の光だよ。

心の中でつぶやいてから、薫はカップの紅茶を飲み干した。

Dos

(2)

和牛入りライスコロッケ

〜ウェブサイト編集者・工藤ルカの物語〜

「いいのが大量に釣れたんだってさ」

工藤ルカは隣の父親に目をやった。

工藤徹。ここ、トラットリア代官山の上にあるブティックの経営者だ。とはいえ、店はスタッフに任せっきりで、いつもプラプラしている。たとえば、今日のように釣りに出かけ、その戦利品の詰まったアイスボックスをトラットリアに届けたりとか。

「おうよ。今日はクロダイがバカバカ釣れちゃったんだよね。どれもでっかくてピチピチ。ウマいぞー、きっと」

またサーモンピンクのシャツなんか着ちゃって。六十半ばのオッサンなんだから、もっと渋い色でキメればいいのに。まあ、若く見えるから似合わなくはないんだけどさ。

ダーク系が好みで、現に今もモノトーンのツーピース姿のルカは、男性にも渋さを求めてしまうため、父親のファッションセンスにはやや否定的だった。

「工藤さん、いつもありがとう」

カウンターの中にいる大須薫が、柔らかくほほ笑んだ。男性用のスーツ姿が似合っている。美しい、というよりもカッコいい、と形容したくなる人。だからルカは、いつも彼女をこう呼んでいる。

「薫の君」

「なにルカちゃん」

「本当は迷惑だったりしない？　お父さんの持ち込む魚」

「とんでもない。釣れたての魚で作るお料理、すでにうちの名物だから。ねえ怜？」

「もちろんですよ！　クロダイなんて調理し甲斐《がい》があります。何にしようかなあ。揚げてフリットするか、シンプルにムニエルにするか……」

シェフの安東怜が楽しそうに応じる。眩《まぶ》しいほど明るい笑顔。少し陰のある薫を月とするなら、この人には太陽のような雰囲気がある。

「ムニエル、いいねえ。刺身は飽きてるから、久々にムニエルが食べたい。ルカもそれでいいだろ？」

「いいよ。怜さんの料理、なんでも美味《おい》しいから」

「了解です。あ、今夜はアレもご用意できますよ」

「出た、ここの裏メニュー。うれしいなあ。ソレ前菜にしてよ。今夜はパスタ抜きで、前菜と魚料理、あと肉料理でお願いしたい。ルカは？」

「うん。それがいい」

「かしこまりました！」

威勢よく答えた怜が厨房《ちゅうぼう》に向かう。

「怜さん、すみません。いつもお父さんのワガママ、聞いてもらっちゃって」

振り向いた怜が、にっこりと笑った。本当に、いつもありがたい。

「前菜にライスコロッケ。楽しみだな」

ルカは手元のお品書きに目をやった。

メニューに素材しか記載されていないのが、この店の特徴だ。

ちなみに今夜の魚料理の素材は、「獲《と》れたて鮮魚、京みず菜、生マッシュルーム」。肉料理は「イベリコ豚、栗《くり》、京人参《にんじん》」。デザートは「チョコレート、胡桃《くるみ》」だ。

基本は決まったコース内容しか頼めないのだが、実は常連にしか提供しない裏メニューも存在する。

怜がたまにしか作らない特別料理。もともとは賄いだったらしいけど、たまたまそれを知った父が食べて気に入ってしまったため、定期的に作っておいてくれるのである。

一人娘とここで食事をするのが、父の楽しみのひとつだ。映画サイトの編集者であるルカが多忙であるため、週に一度くらいしか同行できないのだが。

「薫ちゃん、泡が飲みたいなあ。まだまだ暑いから、スキッとするやつがいいんだよね」

「用意してありますよ。工藤さんのお好きなカタルーニャのカヴァ」

カヴァとは、スペインのスパークリングワインのこと。父はロゼがお気に入りだった。

「さすがだねえ。好みを把握してくれる店があるって、ほんとありがたいよなあ」

細やかな泡が浮かぶ淡いピンクの液体を注《つ》がれ、父はご機嫌だ。開店時間よりもだいぶ早く入ったため、他に客の姿はない。

元々、ルカの父と薫の父親・大須恭二郎《きょうじろう》は、近所の友人同士だった。その縁があったから、父は大手商社を早期退職し、このビルの一階を恭二郎から借りてブティックを立ち上げたのだ。

恭二郎亡きあと店を継いだ薫は、父にとって娘同然の存在。ルカにとっても兄のように、いや、姉のように慕う女性だった。薫は父親を、ルカは母親を早くに亡くしているため、余計に親近感を覚えている。

「ところでルカさあ、俺《おれ》以外にデートする男、いないのかよ」

出た。いつもの質問。答えは決まっているのに。

「いたらここに居ないって。男には興味ないし」

カヴァをグイッと飲む。すっきりとした喉《のど》ごし、フルーティーなブドウの香りが鼻孔《びこう》を刺激する。続いて、定番のお通しであるスタッフドオリーブを食べる。

……うん、いつものように美味しい。食欲が湧《わ》いてくる。

「もしかして、興味があるのは男じゃなくて女なのか？」

父が心配そうにルカの顔を覗《のぞ》き込む。

ああもう、鬱陶《うっとう》しい。

「仕事でいっぱいいっぱいなの。恋愛とか結婚とか考えてる暇ないの」

「じゃあ、暇があったら男とデートする気あるんだな」

「……まあ、あったらね。それも、薫の君くらいカッコいい人ならだけど」

「じゃあ、私とデートしてみる？」

思わせぶりに薫が言う。切れ長の目が美しい。

「……ヤバい。ちょっとトキめいちゃった」

ふふ、と涼やかな笑みを残して薫が仕事に戻る。ネクタイのせいもあるだろうが、つい〝男装の麗人〟と形容したくなる。彼女が宝塚《たからづか》の男役だったら、スターになっていたかもしれない。

「なあ、薫ちゃんはやめてくれよ。トキめくなら男にして、孫を産んでくれよ」

また出た。孫を産んでくれ。親がいい歳《とし》の娘に言いがちな言葉。今は子どもを産まない幸せを追求する女だって、いくらでもいる時代なのに。

まあ、しょうがないよな。父たち世代の価値観を否定する権利はないんだし。

「はいはい。ジョーダンだって」

実は、男性との出会いには興味津々だった。出会い系サイトに登録してもいいかな、と思うくらい。

会社の男性陣はもちろんのこと、仕事先で出会う大抵の男性にもまったく関心が持てずにいた。仕事相手である、という意識が先に立ってしまうからだろう。

インタビュー取材や記者会見などで、イケメン男優とも嫌と言うほど会ったことがあるが、これまた仕事相手だという意識が邪魔をし、トキメキを覚えたことなど一度もなかった。

恋愛、と呼べる関係があったのは、大学時代の同級生のみ。その彼と別れて以来、ルカのデート相手は父親か、単なる男友だちだけだ。

「おい、さっきからメールの着信音がすごいぞ」

父がカウンターテーブルに置いたルカのスマホを指差す。

「知ってる。いいのどうせ仕事のメールだから。ゴハン終わったら見る」

大手企業では働き方改革とやらで残業が規制されているらしいが、ルカが勤める中小企業、しかも映画サイトの仕事には、その意識がまだ低い。退社したあとでも編集長やクライアントからひっきりなしにメールが届く。

ライターが上げてきた記事にミスがあるだの、取材日が相手の都合で変更になっただの、特集企画を早く出せだのなんだの、かしましいことこの上ない。

それでも、大好きな映画の仕事ができるのはうれしかった。

試写で完成したばかりの映画を観《み》て、その作品をどういった切り口で紹介するのか、配給会社の宣伝担当と話し合うときの充実感。自分が手掛けたニュース記事のアクセス数が、狙《ねら》い通りに伸びた瞬間のよろこび。

大学時代は字幕の翻訳家に憧《あこが》れ、英語を勉強していたのだが、その狭き門をくぐる夢は早々と手放していた。この仕事を選んで正解だったと、今は思っている。

それに——。

仕事に没頭してさえいれば、辛《つら》い現実からも悲しい想《おも》いからも逃れられる。

「どうぞ。〝和牛入りアランチーニ〟。ライスコロッケです」

薫がルカたちに裏メニューを載せた皿を見せ、「取り分けましょうか?」と父に尋ねた。

「いいって。自分でカットするのが楽しみなんだから」

握りこぶしほど大きなコロッケ。こんがりとキツネ色に揚がっている。イタリアではアランチーニと呼ぶが、日本ではライスコロッケという名称のほうが有名だ。

「いやー、ウマそうだねえ」

父がコロッケの真ん中にナイフを入れる。サクッといい音がし、中からトマト風味に味付けしたライスが顔をのぞかせる。さらに深く切り込むとグリエールチーズがトロッと流れ出し、柔らかく煮込まれた和牛の固まりが現れた。

チーズや牛肉の香りをまとった湯気を吸い込むと、ルカの胃がグウと鳴った。

「これこれ。この牛肉が最高なんだよな」

怜が料理でカットした部位を、破棄せずに煮込んで作るのが、この和牛入りのライスコロッケだ。

常連だけが知る秘密メニュー。その特別感がさらに食欲をかき立てる。

個数限定だし毎日用意しているわけではないので、口にできるのは運がいい常連客だけだった。

「いただきまーす」

父に取り分けてもらったコロッケを食べる。香ばしいパン粉の衣、甘みと酸味が絶妙なトマトライス。そして、滑らかなチーズと絡み合う和牛の煮込み。生でも食べられる肉の余った部位なので、噛《か》むと質のいい脂がジュワッとあふれ出す。

「……美味しい。ホント最高」

しみじみと味わうルカの横で、父がぼそりとつぶやいた。

「このコロッケ、レオンも好きだったんだよな。お土産でよく作ってもらったなあ、塩味とチーズ抜きで」

その瞬間、ルカの胸にチクリと痛みが走った。

レオンとは、ルカたちの愛犬・茶色のラブラドールの名前だ。

母を病気で亡くしてから、父とルカは代官山の古い二階建ての一軒家に住み、穏やかで賢いレオンをこよなく可愛《かわい》がっていた。

しかし……。

「まだ見つからないんですか？」

怜の問いに父が寂し気に頷《うなず》く。

実は、ひと月ほど前にレオンがいなくなってしまったのだ。

丁度その頃《ころ》、父は自宅の屋上から落ち、脳震盪《のうしんとう》で病院に運ばれていた。庭の芝生の上だったので命に別状はなかったのだが、その前後の記憶が抜けているのである。

「記憶障害ってやつだ。レオンも見つからないし、俺の記憶も抜けたまんまなんだよ」

苦しそうな父に、「治療法はないんですかね？」と怜が心配そうに言った。

「適度な運動、バランスのいい食事、十分な睡眠。要は、コレ、っていう治療法はないんだろうな。医者には認知症じゃないって言われたから、そのうち戻るんじゃないかと思ってるんだけど」

「一体なんで、屋上から落ちちゃったんですか？」

怜が尋ねてきたとき、「いらっしゃいませ」と薫が入り口のガラス戸に向かった。客を迎えに行ったのだ。

その間に、ルカはことの経緯を怜に説明する。

「うち古いから、あちこちガタがきてて。お父さんが屋上の柵《さく》にもたれたとき、柵ごと落ちちゃったんですよ」

「そうらしいんだけど、よく覚えてないんだよね。その前に覚えてるのは、レオンがリビングの四隅をぐるぐる回ってるとこ。で、寝室のベッドに連れてって、俺もその横で寝て。その先は、病院のベッドに寝てた記憶しかないんだよな」

そして父はレオンについて話し出す。いつも酒を飲むと同じ内容を繰り返すのだ。

レオンは、晴れた日はいつも庭で日向《ひなた》ぼっこをしていた。

柵を飛び越えて外に出たのではないか。老犬だったけど足腰は丈夫だった。

張り紙、ＳＮＳ、保護施設、保健所、いろいろと手は尽くしたが見つからないのだ、と。

「ちょっと失礼しますね」

うんうんと話を聞いていた怜が、厨房に戻っていった。食前酒を飲み始めた新規客に、コース料理を出すためだ。

先にライスコロッケを食べ終えていたルカは、さりげなく父に話しかけた。

「お父さん、わたしね。もう一匹ラブちゃんがほしいんだ。レオンが帰ってきたとき、兄弟がいたらあの子も楽しい……」

「うるさい」と父が鋭く睨《にら》む。

「俺はレオンだけでいい。どうせルカは仕事で世話できないだろ。勝手なこと言うんじゃないよ。あとな、男くらい作れよな」

最後の言葉にムカッときた。

「そっちこそうるさいよ。わたしはね、何人も彼女がいるオッサンが身近にいるから、男の人が信じられないの」

父は女性好きで、若いガールフレンドが何人もいるのだ。どこまでの関係かは知らないけど。

そんなルカの嫌味をスルーし、父はカヴァを一気に飲む。

「俺はなあ、寂しいんだよ。レオンに会いたいんだよ」

「わたしだってそうだよ。ねえ、コロッケ冷めちゃうよ」

ああ、とカトラリーを手に取り、残っていた料理を平らげた。ウマい、泡に合うと、瞬時に表情が明るくなる。

「わたし、次は白ワインがいいかな。薫の君、なんか選んでよ」

「じゃあ、ナポリの白ワインにしようか。ラクリマ・クリスティ・デル・ヴェスーヴィオ・ビアンコ。海沿いにある街のワインは、魚介類によく合うから」

「おお、ラクリマ・クリスティ。いいねえ」

父親が賛同したとき、怜が魚料理を運んできた。

「お待たせしました。〝クロダイのムニエル・アンチョビバターソース〟です。添えてあるのは京みず菜と生マッシュルームのサラダ。スダチのドレッシングで和《あ》えてあります。」

ムニエルと一緒に召し上がるのもオススメです」

「うわあ、いい香り」

白い皿に盛られた、香ばしく焦げ目のついた白身魚の切り身。その周りに、黒みがかったソースが線を描いている。横に添えてあるのは、いかにも鮮度の良さそうな京みず菜と生マッシュルームのサラダだ。

「サラダも美味しそう。いただきます」

まずはムニエルをカットしてパクリ。外はカリッと、中はふんわりとしたクロダイの身と、焦がしバターやアンチョビの香りがたまらないソース。刺身もいいけど、また違った旨味《うまみ》が口いっぱいに広がる。

「美味しい！」としか言えないまま、薫が注いでくれた白ワインを飲む。やや強めの酸味が、魚の脂を絶妙に緩和する。

美味しい。

美味しい。

美味しい。

頭の中で繰り返す。

「美味しい」は、辛いことも悲しいことも、瞬間に溶かしてしまう魔法の呪文《じゅもん》だ。

仕事に没頭しているときより、遥《はる》かに上の多幸感が味わえる。

年々増えていく下腹部の脂肪が気にはなるけど、この幸せのためにダイエットなんてしたくない。ポッチャリ体型は自分の個性だ。

「自分で釣った魚を腕利きの料理人に調理してもらって食べる。これ以上の贅沢《ぜいたく》はないよなあ」

朗らかさを取り戻した父の隣で、ルカも無心で料理を口に運んだ。


肉料理の〝イベリコ豚のロースト、栗と京人参のグラッセ添え〟と、デザートの〝胡桃入りチョコレートムース〟を堪能《たんのう》し、ルカたちは店をあとにした。

トラットリア代官山から徒歩八分ほどの場所に二人の家がある。

「イベリコ豚のロースト、ウマかったなあ。ジューシーで柔らかくて、脂身がめっちゃ甘くて」

「デザートのムースも最高だったね」

家の近くに、昔から通っている居心地のいいレストランがある。なんてラッキーなんだろうと、ほろ酔いのルカはしみじみと思う。

「でもなあ、やっぱ一番はライスコロッケだな。和牛入りなのがポイントなんだよな。レオンも好きだった和牛のコロッケ」

父がつぶやいたそのとき、遠くで犬の鳴き声がした。

ハッとする父が、声の方向に走り出す。ルカもあわててあとを追う。

再び犬の声。

「……違うな。レオンじゃない」

がっくりと肩を落とした父を、「うん、違うね。また失踪犬《しっそうけん》情報をＳＮＳで拡散してみよう」と慰める。

すると、いきなり父が地面に膝《ひざ》をつき、両手で頭を抱えた。

「お父さん！」

「……大丈夫だ。ちょっと飲みすぎたかな」

声が弱々しい。だいぶ具合が悪そうだ。

「うー、頭がガンガンする」

よろよろと立ち上がった父の腕を取り、「歩ける？」と尋ねた。

「ああ」

頷いた顔は、かなり青白かった。

娘に腕を支えられたまま、ゆっくりと歩き出す。

「早く帰ろ。家で横になったほうがいいよ」

「そうだな」

それっきり、家に着くまで父は何もしゃべらなかった。

あの程度のアルコールで調子を崩すなんて、父らしくない。もしかしたら、脳震盪の後遺症かもしれない。病院で診てもらったほうがいいな。でも、きっと治ったたって言い張るだろう。どうにか説得しないと。

横目で父を見る。苦しそうに眉《まゆ》をしかめている。

——ほどなく家にたどり着いた。

築四十年の庭付き一軒家。二階建てで三階が屋上になっている。父が落下した屋上の柵は、業者に頼んで新しいものと交換してあった。だが、あの転落事故以来、ルカも父も屋上には行かなくなってしまっていた。

「ただいまー」

玄関を開けて誰《だれ》もいない空間に声を出す。昔からの習慣はなかなか変えられない。

母とレオンが居た頃は、毎日が賑《にぎ》やかだった。父と娘だけになった今は、室内がやけに広く感じる。廊下の隅にレオンのオモチャが落ちているのが物悲しい。

レオンのお気に入りだった、ホットドッグ形の縫いぐるみ。嚙みあとだらけでボロボロだけど、いつもこれを咥《くわ》えて廊下を走り回っていた。

片付けようとしても父が許さないのだ。そこに置いたのはレオンなんだから、帰ってきたときにないとレオンが可哀想《かわいそう》だろう、という理由で。

ルカたちは和室の仏壇に直行し、母の遺影に手を合わせた。

「……じゃあ、横になるわ」

二階に上がっていった父の背中が、いつもより細く小さく感じた。


数日後。ルカは休日の午後を自宅で過ごしていた。

日曜日が仕事だったため、平日に振替休日を取ったのだ。

ベッドに横たわって小説を読む。それは映画化が決定した作品で、ページをめくるのがもどかしいほど面白い。

映画が完成した暁には、自分が特集やインタビューを担当するかもしれないので、趣味と仕事を兼ねた読書である。スマホの電源はオフにしているから、会社からの連絡にやきもきする必要はない。これぞ至福のひとときだ。

父は今日も近所に住む友人と二人で、早朝から釣りに出かけていた。

もう一度病院に行こうと言っても、「退院前の脳波診断は異状なしだったから」と、頑《かたく》なに行こうとしない。いくら言ったって無駄だと分かっているので、しばらく様子を見ようと思っている。単純にアルコールのせいならいいのだけど……。

脳震盪を起こしてからの父が、ルカは心配でならなかった。レオンを執拗《しつよう》に探し回り、居ないと言っては落胆して悲しむ。涙ぐんでいるときもよくある。

元来、楽天的な性格なのだが、感情の起伏が激しくて落ち込むと手がつけられなくなってしまう。それを紛らわせるために、毎晩飲みにいく。ワインから焼酎《しょうちゅう》まで、なんでも来いである。明るい酒なので共に飲むと楽しいのだが、娘としてはほどほどにしてもらいたい。

ふと、ベッド脇《わき》のサイドテーブルに目をやった。大き目の茶封筒が置いてある。

その封筒は、父のためにルカが用意したもの。父が帰宅したら中身を見せようと、準備しておいたのだ。

うまくいくといいんだけどな。

ふう、と小さく息を吐き、また小説に没頭した。

――間もなく、父が友人と共に釣りから帰ってきた。

「今日はさっぱりだったよ。二時間粘ったけど、釣れたのコレだけ」

鮮やかなグリーンのシャツにブラックジーンズ姿の父が、玄関でアイスボックスを開く。

小ぶりの魚が三匹だけ入っている。

「カワハギ。小ぶりだし肝もまだ小さいから、刺身にすんのもなあ」

「フライにするといいかもしれないわね」

ざっくりとしたニットを着こんだ室田重《むろたしげる》が、柔らかな口調で言った。

すぐそばのマンションで暮らす室田は、東急《とうきゅう》沿線の三軒茶屋《さんげんぢゃや》で「三軒亭《さんげんてい》」という小さなビストロを営んでいるソムリエだ。そのビストロとトラットリア代官山は業務提携をしており、仕入れた食材を分け合っていた。

　近所同士である室田と工藤親子、トラットリアの薫と怜は、ごく親しい関係にあるのだった。

「重さんは大量に釣れてたのに、悔しいなあ」

「釣りはメンタルが影響しますからね。工藤さん、あんまり悩まないほうがいいですよ。どうなるのか分からない未来に気を取られてると、人生損しちゃうかもしれないわ」

　室田の言葉に、父はややたじろいだ。

　ちなみに、室田はやや険しい顔つきで体躯《たいく》のガッチリとした四十代の男性だ。サービス業なのに強面《こわもて》に見られてしまうため、客前ではソフトな口調で話すように心がけていたら、すっかりオネエ口調になってしまったらしい。

「重さんにはかなわねえなあ。お気楽に見えるかもしれないけどさ、俺にもいろいろあるんだよ」

「分かりますよ。だけど、大事なのは今。今の感情次第で、それに相応《ふさわ》しい未来になるんだとアタシは思ってるんです。辛いと思ってたらますます辛い現実が訪れるし、楽しければもっと楽しい未来がやって来る。ルカちゃんと美味しいものでも食べて、今を楽しんでくださいな」

　どこか泰然とした雰囲気を持つ室田。父よりずっと若いが、精神年齢は明らかに高そうだなと、ルカはいつも思う。

「重さん、ありがとう。いつも父がお世話になって……」

「あら、お互い様よ。よかったらアタシの店にもまた来てね。サービスしちゃうから。あ、そうそうコレ」

室田が手にしていた小さな紙袋をルカに渡した。

「プレゼントよ。うちで作ってるショコラ。秋の新作なの」

「わあ、うれしい！　重さんの三軒亭、スイーツも美味しいんですよね。わざわざありがとうございます」

「カカオには人を幸せな気分にする成分が含まれてるから、お父さんと二人でどうぞ。じゃあ、またね」

小さく手を振って、室田が玄関を出ていく。転落事故に遭い、レオンが居なくなってから落ち込みがちの父を、さり気なく気遣ってくれたのだろう。穏やかでほどよい渋みもあって、本当にステキな人だ。

もちろん、自分を恋愛対象になんてしてはもらえないだろうけど。

「おう。ありがとな、重さん」

笑顔で見送った父が、真顔になってルカと向き合った。

「なあ、ちょっと話があるんだけど」

やけに真剣な口調なのでルカはなんだか照れくさくなり、おどけて言った。

「やだもー、お父さんに真面目《まじめ》な顔、似合わないから」

「まあな」と父も笑みを漏らす。

「わたしも話があったんだ。お茶淹《い》れるから一緒にショコラ食べよ」

　室田からもらったヘーゼルナッツのショコラは、ビターな球状のチョコの中に滑らかなナッツ入りのクリームが封入された、アールグレイの紅茶にピッタリ合う逸品だった。

「あー、幸せな気分。重さんの言う通りだね」

ショコラの甘みを渋みの利いた紅茶で流してから、リビングテーブルの向かい側に座る父に言った。

「で、わたしに話ってナニ？」

「いや、ちょっと見せたいものがあってさ」

「あら偶然。わたしもそうなの。お父さんに見てほしいものがあるんだ」

「へえ、面白いな。じゃあ、同時に見せ合うか」

「いいよ。ここにあるから」

　ルカは背中に隠し持っていた茶封筒をテーブルに載せた。

「おっと、これまた偶然だねえ」

父も背中から封筒を取り出す。二人とも同じ大きさの茶封筒だ。

「どれどれ」と父が封筒に手を伸ばす。ルカも同様だ。

――なによ、コレ。

父が渡してきたのは、いわゆるお見合い写真だった。

大人しそうな童顔の男性。スーツ姿がまるで七五三の男児のようである。肩書は都内中小企業の営業。歳はルカの三つ上の三十歳。出身は神奈川《かながわ》。

もー、やめてほしい。こーいうの興味ないし、そもそもタイプじゃないし。

リアクションに困って父を見ると、眉根を寄せて中の写真を眺めていた。

二枚の写真。どちらもレオンに似た茶色のラブラドールだ。動物の保護施設に見学に行き、引き取り手を探している犬の写真を撮ってきたのである。

「……なんだよ、コレ」

「あの、このあいだも言ったけど、レオンが帰ってきたときに兄弟がいたらいいなって。保護施設から……」

「余計なことすんなって言ったじゃないか」

父がテーブルに写真を投げ出した。

「俺はレオンだけで十分なんだよ！　何度も同じこと言わせんなよ！」

「でも……」

「こんなことする暇があるなら男作れって。その写真、俺の知り合い。真面目だし次男だから婿養子も考えてくれるかもしれない。一度会ってみろよ。休みなのにデート相手もいないんだから」

　その言い草にカチンときた。

「次男？　婿養子？　それってお父さんの都合のいい条件じゃない！　お見合いなんてナンセンス。こんな写真見たくない。余計なことしないで！」

　見合い写真をテーブルに投げ出す。

「おい！　わざわざ用意したのに投げんなよ」

「先に投げたのはお父さんでしょ。やり返しただけ」

「オマエなあ、いい加減にしないと本当に怒るぞ」

「そっちこそ、わたしに干渉しないでよ」

「娘の未来を心配してなにが悪い！」

「自分のことは自分で決めます。お父さんウザすぎる！」

「なんだとっ、このスネ齧《かじ》りが！」

　売り言葉に買い言葉。もうお互いに止まらなかった。

「じゃ、ここから出て自立するんだな」

「ええ、よろこんで。ずっと出たかったけどお父さんのために居てあげたの」

「そうか、気づかなくて悪かった。早く出てってくれ」

「分かった。本当は邪魔だったんだ。彼女を引っ張り込めないから。ねえ、そうなんでしよ?」

「うるさい、俺にも干渉するな」

父が怒りを含んだ声を出し、ルカを睨んだ。

――こっちの気も知らないで、このバカ親父《おやじ》！

「じゃ、今すぐ出てく。引っ越し先探してくるから」

思わず口走る。

「勝手にしろっ」と父がテーブルを叩《たた》いた途端、手元のティーカップが倒れ、ラブの写真に紅茶がかかってしまった。なのに、父は動こうともしない。

「最低、もう知らない！」

ルカは自分の長財布だけ抱えて、そのまま外に飛び出した。


数分後。ルカは代官山の不動産会社の店頭にいた。

「こちらの賃貸物件なんか、いかがですか？　東急田園都市《でんえんとし》線・溝《みぞ》の口《くち》駅から徒歩十分。築二十五年ですがオートロックですし、お値段も間取りもお客様の条件に合うかと思いますが……」

赤いメガネをかけた中年男性が、物件情報を向けてきた。

飛び込みで入ったルカに、オススメ物件を売り込んでくる。

「勤務地が西新宿なんで、小田急線《おだきゅう》のほうがありがたいんですけど」

「では、登戸《のぼりと》なんかいかがでしょう。何軒かございますよ」

「見せてください」

「お待ちくださいね」

男性がまたいそいそと準備をする。

ルカはほとんど上の空だった。ついさっきまで、一人暮らしをするなんて考えていなかったのだ。勢いで口走ったものの、実際にそうしたいと決意しているわけではない。住み慣れた代官山の実家を出るなんて、想像しただけで面倒だ。

しかし、引っ込みがつかなくなった以上、探すしかないのである。しかも、有言実行は自分のモットーなのだ……。

「――すみません、もう少し検討させてください」

疲労感を引きずって店を出る。気に入った物件は皆無だった。

そのまま西郷山公園まで歩き、ベンチに腰を下ろした。

平日の昼下がり。曇天でそよ風が吹く公園内を、散歩を楽しむ人々が行き交っている。

犬を連れた人も多い。老夫婦らしき男女の横にピッタリとついた黒いラブラドールが、うれしそうに歩いている。

「……レオン」

つぶやいた途端に涙がこぼれ落ちた。父の前では見せないようにしていたのだが、ルカだって泣き叫びたいほどレオンが恋しくて寂しかったのだ。

父が知人からレオンをもらい受けたのは、ルカが小学六年生の頃だ。人懐こくて愛らしいレオンに澄んだ目で見つめられたとき、この子を一生守らなければ、と使命感で胸が一杯になった。

まだ生後半年で遊びたい盛りだったレオンとの散歩は、身体《からだ》が大きいので大変ではあったが、その分楽しかった。時間があるときは父と一緒に躾《しつけ》教室に通い、しっかりとコマンドを覚えさせた。

お座り、伏せ、待て、よし。

バキュン、と銃を構えるように指を差すと、ゴロンと横になってお腹《なか》を出す。ルカが覚えさせたかった芸も、レオンは完ぺきに会得してくれた。

穏やかだけど食いしん坊の甘えん坊。

おやつは骨の形をしたガムが大好きだった。

ドッグランでは他の犬ともすぐに仲良くなってくれた。

父のワゴン車で一緒に釣りに行き、海でフリスビーをした。

ペット可の温泉旅館にもよく連れて行った。

抱きしめると明るい日向の匂《にお》いがした。

母が病で他界したときは、大人しく葬儀に参列し、落ち込むルカの横にずっと寄り添っていてくれた……。

思い出していたら、涙が止まらなくなってきた。ジーンズのポケットからティッシュを出して両目に当て、声を殺して泣き続ける。

「ルカちゃん？」

低めの声。すぐ横に薫が立っていた。薄い紺のシャツにグレーのスリムパンツ。さらりとしたショートヘアでほぼすっぴん。私服姿もイケメン風だ。

「どうしたの？　なにかあった？」

「薫の君……」

急いで隣に座った薫の肩にもたれかかり、ルカは涙声で訴えた。

また老夫婦らしき男女の連れた黒いラブが、目の前を通り過ぎていく。

ますます悲しくなる。

「わたし、家を、出なきゃいけないの。住むとこ、探しに行ったんだけど、なんか、悲しくなっちゃって……」

「家を出る？　なんで？」

「お、お父さんと喧嘩《けんか》しちゃって――」

ぐすぐすと泣きながら先ほど家で起きたことを説明すると、「分かった」と静かに薫が言った。

「とりあえずうちに来れば？　今日は定休日だから」

「……いいの？」

「いいよ。買い物して帰るとこだったから」

やさしい薫の笑顔に、ルカは心底救われた気がしていた。


誰もいないトラットリア代官山のカウンターで、ルカは薫が淹《い》れてくれたエスプレッソをひと口飲んだ。

「美味しい。ホッとする」

「そう。よかった」と隣の席に座る薫が頬《ほお》を緩める。

長い脚を組み、小さなカップを口に寄せる彼女は、営業中のスーツ姿とは違った凛々《りり》しさがある。美しく磨かれた爪《つめ》と、白く長い手がなまめかしい。女性にも男性にも見える、本当に不思議なオーラの持ち主だ。

「それでね、お父さん、わたしに見合い写真持ってきたんだよ。次男だから婿養子も考えてくれるとか言っちゃって。孫がほしいっていつも言ってるし、そういうのホントめんどくさくて嫌なんだよね。だから家を出ちゃったほうがいいかなって思ったんだけどさ」

先ほどからルカは、父への不満を薫に聞いてもらっていた。薫は何も意見はせず、静かに頷いている。

「ホントはさ、お父さんが再婚でもしてくれたらいいんだけどね。薫の君のお母さんみたいに。そしたら安心して一人暮らしできるんだけど」

ふうー、と大きく長く息を吐く。

父には若いガールフレンドが数人いるが、実際のところ、深い付き合いをしているわけではなさそうだと思っていた。外泊することもないし、誰かを家に連れてきたこともない。単純に、女性を連れて食事や飲みに行くことが好きなのだろう。

「ああ、自分の話ばっかしてごめんね。お休みなのにお店も開けてもらっちゃって……」

「大丈夫。夜は仕込みしようと思ってたから。怜と」

怜さんも厨房に立つのか。定休日なのに。

ルカはふと、薫と怜の関係について思いを馳《は》せた。

薫は三十一歳。怜は二十八歳。二人とも独身だ。しかも……。

「ねえ、怜さんってここの二階に住んでるんでしょ？　お父さんのブティックの上」

「うん。ずっと貸してる。家賃の分だけお給料は安いけど」

「で、薫の君の部屋は三階。いわゆる一つ屋根の下ってヤツだよね」

「そうだね」

だからどうしたの？　と言いたそうな顔でルカを見る。その涼やかで真っすぐな瞳《ひとみ》を向けられると、ルカはいつも訊《き》いてみたい質問を飲み込んでしまう。

本当は気になって仕方がないのだ。

二人は単純な店主と従業員なの？　特別な関係じゃないの？　と。

少なくとも、怜が薫に好意を寄せていることは分かっていた。ずっと忠実な騎士のごとく薫を護《まも》っている。きっと彼にとって彼女は、単なる雇い主ではない。女性として大切に想っているはずなのだ。じゃあ、薫の君は？　婚約者だった真守からは、ずっと音沙汰がないようだ。そろそろ次の恋愛に進んでもいいと思うのだけど。

……なんて、無粋な妄想は急いで心にしまい込む。

「あーあ、もうひと部屋空いてたら、わたしもここに住みたいんだけどなあ」

すると、「ルカちゃん」と心配そうに薫が言った。

「本当に一人暮らししたい？」

「それは……」

次の言葉が探せずに黙り込む。

本当は、本当の自分の気持ちは――。

「さっきルカちゃん言ったよね。お父さんが再婚してくれたら安心して一人暮らしできるって。逆に言うと、まだ安心して家を出られない、ってことなんじゃない？　このまま家を出ていいって、本当に思ってるの？」

あの家を出る。

いなくなったレオンを恋しがる父。転落事故による記憶障害を抱えたままの父を、あの広い家に独りきりにして。

「……思ってない。そんなの無理だって分かってる」

また泣きたくなってきた。

「でしょ。ルカちゃんは勢いで言っちゃっただけ。工藤さんだって今ごろ反省してるんじゃないかな。勝手かもしれないけど、私はルカちゃんと工藤さんがこのタイミングで離れになるの、あんまりいいとは思えない。レオンだってまだ見つからないんだし」

慈愛に満ちた表情で、薫は言った。

レオンが見つからない、の言葉に、ズキンと胸が痛む。

そう、だから父は、感情が不安定になっているのだ……。

「もう一度、工藤さんと話したほうがいいんじゃないかな？」

思わず、うん、と頷く。

薫の前では、いつも素直な自分になれる。

「……でも、なんか帰り辛い。出てくって啖呵《たんか》切っちゃったし」

「じゃあ、工藤さんも誘って、うちで夕飯でもどう？　これから怜と新メニューの研究することになってて……」

そのとき、厨房の奥の扉からエプロン姿の怜が出てきた。

「あー、ルカさん。いらっしゃい」

爽《さわ》やかに白い歯を覗かせる。いつもながら、人を和ませる気持ちのいい笑顔だ。

「ねえ、怜。新メニュー四人分作れる？　ルカちゃんと工藤さんの分も」

薫に訊かれて「もちろん！」と怜が即答した。

「京野菜とジビエの創作料理なんですよ。よかったら試食してってください」

怜さんの創作料理。京野菜とジビエ。

「あ、そうだ」と薫が何かを思いついた。

「ピエモンテのいい赤ワインが入ったの。バルバレスコ。ジビエに合うと思うんだよね。みんなで一緒に飲もうよ」

薫の君が選ぶ極上のワイン。

ああ、なんて甘美な誘惑。断れるわけがない。

「ありがとう。わたしは食べたいし飲みたい」

散々涙を流したせいか、ルカは空腹を感じていた。

「じゃあ、私が工藤さんに連絡してみるね」

立ち上がった薫が店の固定電話に向かおうとしたら、ルカのスマホに着信があった。

「待って、お父さんから電話だ。――もしもし？」

『ルカ！　どこにいる？』

「薫の君の店」

『レオンが見つかった。ＳＮＳを見た人が連絡をくれたんだ。今から迎えに行くぞ！』


数分後。

愛車のランドクルーザーで迎えに来た父と、ルカは湘南《しょうなん》に向かっていた。

「メッセージが来たんだよ、迷い犬を預かってるって。レオンと特徴が一致してるらしい。足に怪我《けが》をしてるけど元気だって、電話で言ってた。やっと見つかったぞ！」

なぜ湘南でレオンが？　なぜ今頃……？

疑問だらけのルカだったが、父はハンドルを握りながらご機嫌な様子で八〇年代のポップスを聞き、一緒に歌を口ずさんでいる。

「これでまた三人暮らしだ。賑やかになるなあ」

ルカが家を出る話など、すっかり忘れてしまったかのようだ。

違反ギリギリのスピードで高速を飛ばしたため、夕陽《ゆうひ》が沈み切る前に目的地にたどり着いた。

そこは、湘南の高台に建つロッジ風の民家。表札には日下部《くさかべ》とあり、周囲の木々のあいだから海が見える。

入り口横のチャイムを鳴らすと、白髪頭を上品に整えた、七十代くらいの女性が迎えてくれた。

「わざわざお越しいただいて、ありがとうございます。日下部でございます」

「工藤です。こちらこそ、お知らせくださってありがたいです。レオンはどこに？」

息せき切って尋ねた父を、「こちらにどうぞ」と日下部夫人が案内したのは、遠くに海を望むサンルームだった。

窓辺のケージの中で、茶色のラブラドールがこちらに背中を向けて横たわっている。左の後ろ足に包帯がしてある。後ろ姿がレオンにそっくりだ。

「レオン！」

駆け寄った父とルカ。

……しかし、よく似てはいるが、その犬はレオンではなかった。

「違います……」

がっくりと肩を落とす父。

怪我をしたラブがこちらを見る。心なしか目が悲しそうだ。

「まあ、ごめんなさい。どうしましょう……」

　おろおろとする夫人に、「大丈夫です。本当にありがとうございました」とルカが頭を下げる。父も同様に礼を述べた。

「……実はこの子、保護施設から引き取ってきたんです。SNSで工藤さんがラブを探されているのを知って、もしかしたらと思ったんですけどね」

「じゃあ、この子はこちらで面倒を？」

　ルカが問いかけると、夫人は「飼い主さんが見つからないなら、うちの子にします」とほほ笑んだ。

「主人も私も犬が大好きで。シェパードがいたんですけどね、去年亡くなってしまったんです。この歳だから、もう次の子は無理かなと思ってたんですけど、やっぱり寂しくて。引き取ったからには長生きするつもりです」

「そうだったんですね」

　ルカは相槌《あいづち》を打ちながらサンルームを見回す。絨毯《じゅうたん》の敷かれた小さな部屋。家具は何も置いていない。

「もしかして、ここがシェパードちゃんのお部屋だったんですか？」

「ええ。ここで日向ぼっこするのが好きで……」

　夫人は窓の外に視線を向けた。

「……老衰でした。病院に連れていく前、この部屋を歩き回っていたんです。匂いを嗅《か》ぎながら、ヨロヨロと名残惜しそうに。もうこれが最期。二度と帰ってこられないって、分かってたんでしょうね」

涙ぐむ夫人。耐えられずにもらい泣きをしたルカの前で、父がゆっくりと膝を床に落とした。

「お父さん？」

呼吸が荒く、顔が青ざめている。

「お父さん、大丈夫？　また具合悪くなっちゃった？」

「……いや、大丈夫だ。帰ろう」

「分かった。帰りはわたしが運転する」

少し休んでいかれれば、と申し出てくれた日下部夫人に再度礼を言い、ルカたちは代官山に戻った。

——帰り道。

助手席の父は窓に頭をもたせかけて、ずっと目を閉じていた。眠っていたのか、その振りをしていたのか、ルカには判断できなかったが、父がかなり疲れていることだけは分かった。

——やっぱり、首に縄をつけてでも病院に連れていこう。

密《ひそ》かにルカは思ったのだった。

家で休もうと言ったのだが、父はトラットリア代官山に行きたがった。

「薫ちゃんと怜くんが食事の用意してくれてんだろ？　行かないと悪いじゃないか」

確かにその通りなので、二人で看板の出ていない店に入った。

扉を開けると、店内には煮物のような香りが立ち込めていて、失《う》せていた食欲が復活する。

たとえどんな精神状態でも、お腹は空《す》く。

悲しいけれど、それが現実だ。

「お帰りなさい。どうだった？」

迎えてくれた薫に黙ったまま首を横に振ると、彼女は憂えた表情をした。

「仕方ないよ。いいんだ、捜し続けるから。薫ちゃん、いいワインが入ったんだって？」

「お父さん、お酒やめときなよ。体調良くないんだから」

「一杯くらいいいだろ。酒ってのはな、薬にもなるんだ。こんな晩くらい飲ませてくれよ」

そう言われてしまうと咎《とが》められなくなる。

「なあ、薫ちゃん。イタリアにもことわざがあったよな。ワインは健康の源、みたいな」

「〝Buon vino fa buon sangue.〟。良いワインは良い血を作る、って意味です。適量なら、ですけどね」

ふんわりと薫が微笑した。

「……じゃあ、一杯だけだよ」

「では、ご用意しますね」

私服にエプロンをつけた薫がカウンターの中に入っていく。ルカは父といつものカウンター席に座った。

「料理もすぐできますよ」と、オープンの前にいた怜が朗らかに言った。

「今夜は、カルトッチョをアレンジした料理を創作してみたんです」

「カルトッチョって、あれだろ？　具材を紙で包んで蒸し焼きにするやつ。ここで出してくれたことあったよな」

「はい。でも、今回は紙じゃなくて、ライスペーパーにしてみたんですよ。中身は鴨《かも》と九条ネギ、あと、新鮮なポルチーニ。醤油《しょうゆ》と砂糖で味付けした和風イタリアンです」

「ウマそうだねえ。ワインもいいけど日本酒も合いそうだなあ、それ」

隣に座る父が相好を崩す。元気が出てきたようだ。

ルカは薫に注がれた赤ワインを飲み、安堵《あんど》の息を吐いた。父もワインをグイと飲む。

「ねえ、一杯だけだからね。ゆっくり飲んでよ」

「分かってるよ。ホント母さんに似てきたな」

「メインの前に、いつものアレ、お出ししましょうか。和牛入りのライスコロッケ。また少しだけ作っておいたんです」

「いいねえ、ライスコロッケ。あれ、うちのレオンが好きで……」

そこで父は言葉を詰まらせ、黙りこくってしまった。

ルカの脳裏に、お土産で持ち帰ったコロッケを、いかにも美味しそうに食べるレオンの顔が蘇《よみがえ》ってくる。


前足でルカの足をトントンと叩き、ハッハッと舌を出してお代わりをせがむ。

ダメだよ、レオン。それで終わり。

終わり、の意味を理解していたレオンが、諦《あきら》めて水を飲みにいく。

また戻ってきてルカに頭をこすりつける。その頭をゴシゴシと撫《な》で、目を合わせながらつぶやく。

よしよしお利巧だね、レオン、可愛《かわい》いなあ。

ずっと一緒にいてね。うんと長生きしてね……。

喉元から熱いモノがこみ上げ、そのまま目から液体となって流れ落ちた。

ポトポトと膝に温かい水が落ちる。

「ルカ……？」

父が自分の顔を覗き込んだが、視線を合わせられない。

もう無理だ。これ以上は耐えられない。

このままこの想いを独りで抱えていたら、いつか破裂してしまう。

「ルカちゃん」

薫が真摯《しんし》な瞳を向けてきた。

「言いたいことがあるなら、言ったほうがいいよ。ルカちゃん、工藤さんの前でずっと苦しそうだった。何かあるんじゃないかなって、思ってたんだ」

その言葉が、背中を押してくれた。

「……お父さん、ごめん」

謝罪の言葉が、自然に出てきた。

「わたし、わたしね、ずっと、嘘《うそ》ついてた」

ズズ、と鼻水を吸い込んだルカを、父が遮った。

「知ってるよ」

「え？」

ハッとして父を見る。目が真っ赤だ。

「いくらレオンを探したって、見つかるわけがないんだ。だって……」

一息入れてから、父はゆっくりと言った。

「レオンはもう、この世に居ない。全部思い出したよ」


薫が息を飲んだ。怜も目を見張っている。

ルカはすぐさま父に問いかけた。

「いつ？　いつ思い出したの？」

「少し前から、記憶の破片が浮かんでたんだ。目を閉じたまま横たわるレオン。いくら呼んでも動かないレオン。全部はっきりと思い出したのは、さっきの湘南の家でだ」

父はうつむいたまま、静かに語る。

「レオンも老衰だったんだよな。亡くなる前日の夜、居間の四隅をグルグル回ってたもんな。名残惜しそうに」

いつもレオンがルカたちと過ごしていた居間。

ヨロヨロと、ハアハアと、クンクンと、歩き回っていたレオンの姿が浮かぶ。

大好きだった場所を、いつまでも忘れないように。

「……それで、朝起きたら寝床で冷たくなってた。もう十五歳だったからな。大往生だ。

俺はアイツを屋上に抱えていった。レオン、あそこから外眺めるのが好きだったから、最後に見せてやりたかったんだ。俺は柵にもたれかかって、そのまま落ちて前後の記憶がぶっ飛んだ。……もしかしたら、脳が思い出すことを拒否ってたのかもな」

「お父さん……」

何か言いたいけど、何を言えばいいのか分からない。

真相は、父の言う通りだった。

父の欠けていた記憶は、彼が屋上から落ちた日の朝から消えていた。

救急車で運ばれた父が入院している間に、ルカはレオンを火葬して庭に埋葬したのだが、退院した父がレオンを探し始めたのだ。

ルカには、真実を隠し続けることしかできずにいた。それを告げたら、病み上がりだった父がショックを受けてしまうだろうから。

「ルカ、嘘つかせてすまなかった。俺が捜し回ってたから、言うに言えなくなっちゃったんだろ。ずっと辛かったよな。今日も出てけなんて言ってごめんな……」

ポンポンと父に頭を撫でられて、自分が幼い頃に戻った気がした。

辛かったに決まってるよ。

泣きたかったに決まってるよ。

だけどだけど、お父さんに付き合って捜す振りをしてるあいだは、どこかにレオンが居てくれるような気にもなってたの。

うれしそうに尻尾《しっぽ》を振って、元気よく走り回っているレオン。

一杯ゴハンを食べて、オモチャで遊んで、わたしの隣で健やかに眠って。

――本当は、どこにも居るはずがないのに。

「お、お父さんのバカ……」

つぶやいた途端に、涙が滝のように溢《あふ》れてきた。

「ごめん。ごめんな……」

肩を震わす父と、沈黙する薫と怜の姿が、ぼやけてぼやけて仕方がない。

薫に手渡されたティッシュで勢いよく鼻をかむ。

父が目元をごしごしと拭《ぬぐ》った。

「……はー、今日は泣いてばっかだわ」

ルカは深呼吸をして、心を落ち着かせた。

「ルカには感謝してるよ。屋上から落ちたときも、お前がすぐ救急車を呼んでくれたから助かったんだ。あのまま放置されてたらどうなってたか、考えるとゾッとするよ」

しみじみと言った父の横顔を、ルカは真っすぐに見つめた。

「あのね、お父さん」

「うん？」

「屋上から落ちたとき、お父さんを助けてくれたのはレオンなんだよ」

「……どういうことだ？」

真顔になった父にルカは、記憶を取り戻したら真っ先に言おうと思っていたことを告げた。

「お父さん、レオンの亡骸《なきがら》を抱いて屋上に行ったよね。わたしは火葬場の手配をして一階で泣いてた。だから、お父さんが落ちたなんて気づかなかったの。でも、でもね……」

あの日のことを思い返す。突如聞こえた鳴き声。

アウーーーン。ウオオーーーン。

少し異様な、遠吠《とおぼ》えのようなレオンの声。

しかも、それは庭のほうからしたのだ。確かに。

「それで、駆けつけたらお父さんが倒れてたの」

錯覚だったのかもしれない。だって、屋上に横たえられていたレオンは、相変わらず冷たかったのだから。

そうルカが続けたあと、しばらく沈黙が続いた。

「――いや、錯覚なんかじゃない」

ふいに父が口を開いた。

「思い出した。俺もレオンの遠吠えを聞いたんだ。落ちたときに」

父の顔が歪《ゆが》む。目から涙が溢れてくる。

「あいつが、レオンが鳴いてくれたんだよ。俺のために……」

その刹那《せつな》、ワン、と吠える声がルカの耳の奥でした。

記憶の中のレオンが、ゆったりとほほ笑んでいた。


「誰も信じないかもね、こんな話」

「そうだな」

父と一緒に泣き笑いをすると、「私は信じますよ」と薫が強く言い切った。

「魂の叫び。レオンは二人が大好きだった。なんとしてでも護りたかったんでしょう。それだけ、工藤さんたちがレオンを慈しんでいたんだと思います」

「うん。僕も信じます」

怜も泣き出しそうな表情で言う。

「……ありがとう」

また目に水分が溜《た》まってきた。

今まで人前では見せなかったせいだろうか。今日は涙腺《るいせん》がユルユルだ。

「……じゃあ、お料理出してもらおっか」

「だな。ルカ、もう一杯だけ飲んでいい？」

「だめ。再検査して問題ないか分かるまでは自粛して」

「はいはい」

肩をすくめた父に、「すぐ用意しますね」と怜が笑いかける。

これでもう、嘘をつかずに済む。

よかった――。

ホッとしたルカだけ、赤ワインをお代わりしたのだった。

やがて四人はカウンターに並び、ライスペーパーで具材を包んだ創作カルトッチョと、和牛入りライスコロッケを食べ始めた。

「ライスペーパーのカルトッチョなんて食べるの初めて。怜さん、中を開ければいいの？」

「そのままカットして食べてください。熱いから火傷《やけど》に気をつけて」

カルトッチョの包みにナイフを入れると、煮付けのような匂いがふわりと漂う。中に入っているのは脂ののった鴨の切り身、トロトロに煮えた京都の九条ネギ、それに香りの強いイタリアのキノコ、ポルチーニが少々。

「鴨は、なかなか手に入らない青首鴨。貴重な野生の鴨で、ブロイラーとは比べ物にならないくらい身がしまってて脂が濃いんです。あと、今が旬《しゅん》のポルチーニ。それと九条ネギを醤油と味醂《みりん》で甘辛く煮てみたんです。ほとんど和食ですよね」

怜の説明に、「いや、ポルチーニの香りがあるから、ぎりイタリアンだよ。ウマいなあ」と父が舌鼓を打つ。

「ホント、怜さんのお料理、どんどん進化してるね」

煮付けのような甘辛い味が染み込んだ具材と、米の風味がするライスペーパーの組み合わせ。日本人なら誰もが好きな味だ。

合わせるピエモンテの赤ワインも、こっくりとした赤ブドウの風味が素晴らしい。

「和風カルトッチョ、美味しいよ、怜。採用決定」

薫の褒《ほ》め言葉に怜が相好を崩す。

もしかして怜さん、薫の君をよろこばせるために料理を作ってるのかな。

そう思ってしまうほど、怜の笑顔は輝いている。

そして、常連しか味わえない和牛入りライスコロッケ。

レオンも大好きだったそれは、今日何度目かの涙が混じって、ほんの少しだけ塩辛く感じた。

それでも十分美味しくて、ルカは満ち足りた気分を味わったのだった。

それから半月ほどが経《た》ったある日。

ルカは再びトラットリア代官山を訪れていた。

開店三十分前。今ならまだ客はいないはずだ。勢いよく扉を開ける。

「こんばんは！」

薫と怜が笑顔で「いらっしゃい」と迎えてくれた。

「はい、テイクアウト」

薫が紙袋を渡してくれた。まだ中が温かい。

「ありがと。急に頼んじゃってごめんなさい」

「今月はそれが最後です。次は来月まで待ってくださいね」

カウンターの中から怜が言う。

「了解。薫の君、怜さん、ちょっとだけいい？」と手招きをする。

「ルカちゃん、紹介してくれるの？」

「もちろん」

「おー、僕も会いたいです」

二人に階段の上まで来てもらった。道路に父のランドクルーザーが停《と》まっている。

ルカが近寄ると、運転席の窓から父が顔を出した。

「おう、仕事中にすまん。後ろにいるのがうちの新しい子どもたち」

後部座席の窓が開く。

ハッハッハッハッ――。

二匹のラブラドールが窓から身を乗り出し、興奮気味に舌を出している。

どちらもレオンと同じ茶色。ルカが保護施設で写真を撮り、父に見せた子たちだ。

「わあ、かわいい」

「大人しいですねえ」

薫と怜が顔を寄せると、二匹ともうれしそうに尻尾を振る。どちらも人懐こくて賢くて、躾もちゃんとされた本当にいい子だ。

誰がどんな事情で手放し、保護施設に引き取られたのかは知る由もないが、愛情をかけて育てられたのだと信じたい。

「ニキータとルーシー。どっちも女の子」

父はいかにもうれしそうだ。

「もしかして工藤さん、リュック・ベッソンのファンなんですか？」

怜から訊かれて、「あれ？　言ってなかったっけ？」と目をクシャッとさせる。

「カッコいいよな、ベッソンの映画。ネーミングセンスがまたいいんだよ。ニキータとルーシーにしたから、きっと最強の女たちになるぞ」

愛《いと》おしそうに二匹のラブを見る。後部座席は、彼女たちが安全に乗っていられるように改造されてあった。

二匹ともうちで引き取ると言い出したのは父だ。

自分はレオンに助けられたのだから、レオンの仲間を助けなきゃいけない。

などと使命感を燃やした風に言っていたが、単純に犬好きだから、自分が撮った写真を見て我慢できなかったのだとルカは思っている。

「ライスコロッケ、気に入ってくれるといいんだけど」

目尻《めじり》を下げて、薫がラブたちを見る。

「これからドッグランに行って、おやつにあげるんだよ。きっと虜《とりこ》になっちゃうだろうなあ。レオンみたいに」

父の顔はデレデレだ。

「そうだね。でも、今月はこれで終わりだって」と紙袋を掲げる。

ニキータとルーシーが匂いに反応し、食い入るように紙袋を見ている。

「まあ、そうだよな。いつもあったら裏メニューじゃないし。薫ちゃん、怜くん、サンキューな。また行くから」

「はい。また明日、お待ちしてます」

「明日もいい魚、期待してますよー」

薫と怜に送り出され、ドッグランを目指す。

父は明日、後ろにいるラブたちを連れて釣りに行くという。実は、自分も溜まりまくっていた有給休暇を取っていた。しばらくは、父と新しい子たちと一緒に過ごすつもりだ。

「なあ、ルカ」

「ん？」

「あの、お見合い写真なんだけどさ」

「いいよ」

「え？」

「会ってもいいよ。一度くらい。結婚なんて全然考えてないけど、友だちくらいにはなれるかもしれないから」

「……そっか。うん、そうだな。まずは会ってみないとな」

父がニンマリと笑った。健康そうな顔色だ。

病院の再検査は異常なしだったため、酒豪ぶりも戻っている。明日はトラットリア代官山で、しこたま飲むつもりだろう。

鎗《やり》ヶ崎《さき》の交差点で信号待ちになった。隣の車の後部座席から、子どもとその母親らしき女性がこちらに手を振っている。二匹のラブに気づいたのだ。

手を振り返したルカは、自分が今を楽しんでいることを改めて認識した。

今が楽しければ、もっと楽しい未来が訪れる――。

室田の言葉を思い出し、口元をふっと緩める。

風が強くなってきたので、助手席の窓を閉めた。
膝に置いた紙袋の中から、揚げ物の匂いが微《かす》かにする。
揚げたてホカホカのライスコロッケ。人間用が二個、犬用が三個。
犬用の一個は、もちろんレオンの分だ。
きっと、天国で美味しく味わってくれるだろう。
もしかしたら、ニキータとルーシーが食べちゃうかもしれないけど。

Intermezzo Dos
(幕間2)

「それにしても工藤さん、記憶が戻ってよかったですよね」

工藤親子とラブたちを見送り、店への階段を下る途中で怜が言った。

「うん。ホントよかった」

「ルカちゃん、ずっと秘密を抱えてたんですからね。レオンのこと。辛かったでしょうね」

あのさ、怜。余りにも辛すぎると、その感覚が麻痺《まひ》しちゃうんだよ。真守が居なくなったときの私がそうだったの。

「え？」

「ううん、なんでもない」

店に入って開店の準備をする。カウンターに皿と布ナプキンを置き、その上に今日のコースが記された和紙を載せる。

相変わらず素材だけの簡素なメニューだけど、どんな料理が出てくるのか、待つあいだのひとときを楽しんでもらえるのではないかと思っている。

「今度、イカ墨とカマンベールのパスタを作ってみたいんです。タイで食べたじゃないですか。あれを再現しようと思って。めっちゃ美味しかったですよね」

調理道具を洗いながら、怜がうれしそうに言う。

怜とは、タイ・バンコクのイタリアンレストランで出会った。

今から四年ほど前、薫が真守との婚前旅行でタイに行き、入った店だ。

タイはイタリアから移住する人が多く、本格的なイタリアンが格安で食べられるらしいと真守から聞いていた。薫たちはバンコクにある評判の店を、滞在初日の夜に予約してあった。

真っ黒に日焼けした短パン姿の怜は、ドレスコードのあるその店の店員と、何やら言い合いをしていた。短パンにTシャツでは入れられないと言う店側と、そこをなんとかしてほしいと頼み込んでいた怜。タイに着いたばかりで荷物を持ち歩いていた真守が、それを見兼ねて自分の洋服を貸すと申し出た。

その流れで、一人旅をしていた怜は、薫たちと同じテーブルに着くことになったのだ。

「どこの国もドレスコードって一緒なんですね。堅苦しいなあ。評判の店だったから、どうしても入ってみたくて。でも僕、置き引きにあっちゃって、今、財布とパスポート以外の荷物がないんですよ。服買うならメシにカネかけたいなと思って。本当に助かりました」

　型破りだけど愛嬌《あいきょう》たっぷりの怜を、薫と真守はすぐに好きになった。話しているうちに、彼が東京の割烹《かっぽう》で働いていた板前で、店がつぶれたため次の就職先を探している最中だと知った。あのときのタイ旅行は、怜にとって英気を養うための旅だったらしい。

「割烹の前は洋食屋で働いてたんです。いろいろ勉強して、いつか自分の店が持ちたいんですよ。和と洋を融合させた店。イタリアンって、素材を生かす料理が多いじゃないですか。パリの宮廷料理だったフレンチは、地の利が悪くて新鮮な素材が手に入りにくかったからソース文化が発展したけど、イタリア料理は直球勝負な感じがしますよね。僕も今、素材を生かす割烹にいるから、イタリアンには親近感があるんです。和風テイストのイタリア料理店がやりたいなあ」

　饒舌《じょうぜつ》だった怜は、瞳をきらめかせて夢を語った。

「じゃあ、うちの店手伝うか？　給料安いけど」

　真守が冗談めかして言うと、怜は身を乗り出してきた。

「もしかして、真守さんも料理人なんですか？」

「一応ね。薫と結婚して、彼女の親父さんの店を継ぐんだ。代官山のイタリアン」

「代官山！　ちょっと憧れちゃうな。今の話、マジで考えてもいいですか？」

「店主は薫だから、彼女の許可がいるけど」

こちらを見た真守に、「どのくらいの腕なのか見てからね」と薫は答えたのだった。

帰国した三人は、度々会うようになった。

怜の作った料理を、真守は彼の前では「まあまあだな」としか言わなかったが、将来性はあると認めていたようだった。

薫の父は、すでに真守をトラットリア代官山の跡取りとして信頼していた。そもそも、真守を薫に引き合わせたのは、父でもあった。

「腕利きのシェフを紹介されたから、薫にも会ってほしい」と言われ、三人で食事をしたのが最初の出逢《であ》い。それから個人的に会うようになり、ごく自然に恋人同士となり、父が雇っていたイタリア人のシェフが抜けたあと、真守が店を引き受けることになったのだった。

その頃の薫は、自分の未来像がくっきりと見えていた。

足腰が弱り、引退を考えていた父の代わりに自分が店主になる。傍らにはコックコートに身を包んだ真守がいる。夫婦で経営する店として、ゲストを心尽くしの料理でもてなす。

……そんな毎日が、ずっと続くと思っていた。

真守がイタリアに行き、目の前から居なくなるまでは。

脳梗塞《のうこうそく》で倒れた父が、真守の裏切りを知る前に亡くなったのは、不幸中の幸いだったのかもしれない。

怜をこの店のサブとして雇おうとしていたのも、幸いだった。

本当は、真守が料理長の『Capocuoco《カポクオーコ》』で、怜は料理人の『Cuoco《クオーコ》』のはずだったのだが、「僕が料理長になって、真守さんの穴を一人で埋めます」と言ってくれたのである。

そこで怜が考案したのが、たったひとつのコースしか出さない店だった。

「京野菜とか新鮮な素材を使って、ワンコースのみ提供するんです。それなら、僕と薫さん二人でもやれますよ、きっと」

その案は功を奏し、店は軌道に乗っている。


「薫さん」

怜の声で我に返った。

「なに？」

「髪に何かついてます」

つかつかと近寄って来たと思ったら、髪の毛にすっと片手を伸ばす。

「葉っぱだ。さっき外に出たときついたんじゃないですかね」

「ありがとう……イタッ」

髪が引っ張られた。

「ごめんなさい、袖《そで》のボタンが絡まっちゃって……」

もう片方の手も伸びてきた。

両手で頭を抱えた怜の顔が、薫に急接近してくる。

睫毛《まつげ》、長いんだなあ、などとぼんやり考える。こんな近くで彼の顔を見るのは、初めてかもしれない。

「ちょっと待ってください。もう少しで解《ほど》けますから」

怜の吐息を感じる。若草のような、清涼な香り。

ふと目が合ってしまった。怜がじっとこちらを覗き込む。真顔で。

——急に鼓動が速まってくる。

なにコレ。客観的に想像したら、この図はラブシーン寸前の男女ではないか。しかも、入り口からは見えない厨房の奥だし。

いや待て。コックコート姿の男性シェフが、スーツ姿の支配人に顔を寄せているのだ。ボーイズラブだと誤解されかねないシチュエーションでもある。

「ねえ、まだ解けないの？」

痺《しび》れを切らして怜を見つめた。

「薫さん……」

怜がかすれたような声を出す。

そして、こうささやいた。

「真守さんのこと、まだ忘れられないですか？」

な、なにを急に！

と言い返したいのだが、思うように言葉が出てこない。

怜の潤んだように見える瞳が、あまりにも真剣だったからだ。

――忘れたいけど、どうしても忘れられない。

それほど簡単な気持ちで結婚を考えたわけではなかった。

心のどこかで、今も真守を待っている自分がいる。

薫はそれをはっきりと意識し、絶望的な気持ちになった。

「……ねえ、怜」

「はい」

「放して」

きっぱりと言い切った。わざとクールな声で。

「髪が絡んだままならハサミで切るよ」

「……もう解けました」

すっと、怜が両手を引っ込める。

長くてたくましい腕。しなやかな手。

女を抱くよりも、調理をしているほうが似合いそうだと思っていた指……。

「あのさ、前にも言ったよね。真守の話はしたくないって」

「……はい」

「ほら、開店時間まであと十分しかない。準備しないと」

「そうですね。すみません」

「セラーから赤ワイン出してくる。足りなくなるかもしれないから」

乱れた髪を急いで直し、テキパキと手足を動かす。

感傷に浸っている暇などない。間もなくゲストがやって来る。

最高のおもてなしをしなければならないのだ。

遠目に怜を窺《うかが》うと、姿勢を正して鍋《なべ》の中身をかき回している。口元を引き締めて、格闘でもしているかのような険しい目で。

仕事モードになった怜を見て、安堵の息を吐く。

真守を慕っていただけに、話題にしたがるのも無理はないけど、本当にもうやめてほしい。

お願いだから、あの人を思い出させないで——。

そう強く願った直後、入り口ドアが開いてゲストが入ってきた。

「いらっしゃいませ」

一瞬だけ波立った感情を即座にコントロールし、薫は笑みを浮かべて扉に向かった。

Tre
（3）

黄金色のそうめんカボチャ
〜ネイリスト・片桐桜の物語〜

が出ない。

わー、素敵な店。ちょっと場違いじゃないかなー。

トラットリア代官山の扉を開けた片桐桜《かたぎりさくら》は、首にかけたガラス玉のネックレスに手をやった。本当はダイヤモンドをつけてみたいけど、そんな贅沢《ぜいたく》なアクセサリーにはとても手が出ない。

今日のコーディネイトは、スカイブルーのタイトなワンピースに白いパンプス。バッグも白。すべて低価格設定のファストブランドで買ったものだが、見栄えは悪くないはずだ。ネイルはブルーのベースに白い波模様を入れてある。このコーデに合わせて。

二十一歳にしては童顔で、素顔のままだと高校生に見られてしまうことも多いため、バチバチのマツエクと毛先のカールは絶対に欠かせない。リップも赤みの強いものをチョイスした。食事で落ちないように、マメに直す必要があるけど。

要するに、桜は精一杯背伸びをしてここに来たのだった。

「いらっしゃいませ。ご予約はされていらっしゃいますか?」

背の高いスーツ姿の女性が、笑みを向けてくる。宝塚の男役が似合いそうな素敵な人だ。胸につけたプレートの名前は大須薫。

「はい。片桐桜です」

「片桐様。お待ちしておりました。こちらへどうぞ」

八割ほど席が埋まった店内。桜が案内されたのは、カウンターの奥のひと席だった。革張りのソファー風の椅子《いす》にゆったりと背をもたせかけて、店内をぐるりと見渡す。

アンティークの調度品が飾られた、高級感と開放感が入り混じった空間。カウンターだけだから、自分のような一人客でも落ち着いて食事ができそうだ。

白いコックコート姿のシェフが、厨房《ちゅうぼう》の鍋《なべ》の前で何かをかき回している。横顔が有名なアイドルグループのメンバーに似ていてカッコいい。漂ってくるのはニンニクとオリーブオイルの匂《にお》い。いかにもイタリアンな香りだ。

足元の籠《かご》にバッグと買い物袋を入れる。代官山のブティックを巡ってゲットした、パーティードレスと下着だ。なんとなく、いっぱしの都会人になれた気持ちになる。

「お飲み物はどうされますか？」

ドリンクメニューを渡され、しばし迷う。こんなとき、何をチョイスするのが正解なのか、桜にはまだよく分からない。

九月も終わろうとしているのに、まだまだ日差しの強い日が続いている。そんな中、代官山の街を歩き回っていたので、早く冷たい飲み物で渇いた喉《のど》を潤したいのだけど……。

「よろしければ、食前酒でもお出ししましょうか？」

迷っていることに気づいたのだろう。薫が提案してきた。

「ありがとうございます。お酒、あまり強くないんです」

「では、軽めのカクテルをお作りしましょう」

「お願いします。ミント系が好きです」

「かしこまりました」

カクテルを用意してもらっているあいだに、手書きらしい品書きをチェックする。メニューはひとつのコースのみ。料理名の記載はなく、素材が書いてあるだけ。SNSで調べてあったので驚きはしなかったけど、実際に見ると胸がトキめく。

やっぱり、代官山ってオシャレだなあ。

しみじみと感動を嚙《か》みしめる。

桜は今、神奈川県の川崎駅《かわさき》からほど近いネイルサロンで働いている。住まいも川崎市内の小さなアパートの一室。親戚《しんせき》が経営しているアパートなので、只《ただ》同然で借りさせてもらっていた。そのため、他の一人暮らしの同僚よりは、洋服や食事にお金をかけられる。貯金などまったくできないけど。

岩手《いわて》県の小さな町で生まれ育った桜は、高校を出てすぐに川崎に引っ越し、同じく川崎市内の美容学校に入学。卒業してすぐに今のネイルサロンに就職していた。

「お待たせしました。紅茶のリキュールを使ったモヒートです。こちらはお通しのスタッフドオリーブ。爪楊枝《つまようじ》状のものは揚げたパスタなので、そのまま食べてくださいね」

「ありがとうございます」

カウンターにミントの葉が入ったカクテルのグラスと、短い揚げパスタの刺さった黒オリーブの小皿を並べて、スマホで写真を撮る。より画像が映えるようにアプリで加工し、コメントを添える。

（今夜は代官山のイタリアン。ミントのカクテルがキレイでうっとり。スタッフドオリーブと一緒にいただきます）

さくっとSNSに投稿。――早速、イイネのハートマークがいくつかついた。

あー、もっとフォロワーが増えるといいなあ。

とりあえずスマホをテーブルに置き、カクテルを飲む。ミントの爽《さわ》やかな香りと、炭酸が喉をスッキリとしてくれる。それからオリーブをパクリ。

ポリポリ、ごっくん。……うわ、めちゃくちゃウマい。

「こちら、本日のメニューでして、ここからコースを選んでいただきます。軽めなら前菜とパスタのみのCコース。魚料理が入ったB、肉料理までのA。すべてにデザートと食後のお飲み物がつきます」

カウンターの中から薫がほほ笑む。彫刻のように整った顔立ち。

このネクタイの代わりにダイヤのネックレスをかけて、スーツを脱がせてドレスを着せ、ショートヘアの上にユルフワのロングウィッグをつけてみたい。リップを鮮やかな深紅にしたら、すごい美女に変身しそう。爪も深紅のジェルネイルで、真ん中に小さなひと粒ダイヤを入れたらどうかな。

脳内で勝手に他人のコーディネイトをするのは、桜のクセでもあった。

「じゃあ、軽めのCでお願いします」

「かしこまりました。苦手な食材などはございませんか？」

「なんでも食べられます。――でも、ここのメニューって変わってますよね。前菜が〝秋鮭《あきさけ》、大葉、聖護院《しょうごいん》かぶら、イクラ〟。パスタが〝パンチェッタ、金糸瓜《きんしうり》、有機卵、タリアテッレ〟。料理名がないから、何が出てくるのか想像できないです」

「よろしければ、ご説明しましょうか？」

「いえ、楽しみに待ってます」

やんわりと頭を下げて、薫が離れていく。

代官山の個性的なイタリアン。革の椅子に座って寛《くつろ》ぎ、カッコいい女性店員と会話を交わす。……なんだか、セレブな感じがして気持ちがいい。

実際は、代官山とか青山《あおやま》とか麻布《あざぶ》とか、都会の中心部に憧《あこが》れて上京したものの、住みついた川崎からなかなか出られずにいた平凡女なんだけど。

ミントのカクテルを飲みつつ、スマホのSNSを流し見する。

――うわ、愛子《あいこ》さんスゴイ。イイネの数が三百超えだ。

愛子は桜が憧れるネイリストで、青山で個人サロンを経営している。ＳＮＳで膨大なフォロワーがいる、いわゆるインフルエンサーだ。毎日、自分がデザインしたネイルの写真をアップし、カワイイ！　ステキー！　粋《いき》だね！　などと、大量のコメントとイイネをもらっている。

確かに、その日のネイルはすごかった。

左右十本の指全部に、植物や動物などの和風の絵が細かく描かれているのだ。

これらは、花札の絵柄らしい。

「日本文化リスペクト。花札の一月から十月」とタイトルされ、簡単に絵柄の説明もしてある。

右小指の一月〝松と鶴《つる》〟から始まって、二月〝梅にウグイス〟、三月〝桜に幕〟、四月〝藤にホトトギス〟、五月〝菖蒲《あやめ》に八つ橋〟、六月〝牡丹《ぼたん》に蝶《ちょう》〟、七月〝萩《はぎ》にイノシシ〟、八月〝ススキに月と雁《かり》〟、九月〝菊に杯〟、そして左小指が十月の〝紅葉《もみじ》に鹿《しか》〟と、順番に並んでいるようだ。

通常の二倍ほどの長さの付け爪《づめ》に、立体感を出して盛り盛りとデコレーションされた絵柄。たとえば、〝松と鶴〟の場合、左右の松のあいだにいる鶴が、爪の表面から飛び出ている。横から見ると、くちばしや羽が一センチほどの高さまで突き出ていて、まさに壮観な３Ｄ花札だ。

しかも、朱色の着物の袖口《そでぐち》が写り込んでいる。ネイル写真を撮るために着付けまでしたのだろう。

なるほど、着物に花札のネイルかあ。さすが、愛子さん。技術もセンスもトップクラス。どうしたらこんなデザインが作れるんだろう……。

自分のＳＮＳを改めて見る。

ネイルの写真も投稿されているけど、そんなに凝ったデザインはなく、イイネの数もパラパラ程度。愛子の足元にも及ばない。

桜の勤めるサロンでは、個人的なＳＮＳ投稿を積極的にやるように勧めている。それを見た客から指名をもらうためだ。プロフィール欄にはサロンの店舗情報も入れてある。

しかし、半年ほど前にネイリストデビューした桜には、ＳＮＳにアップしてフォロワーを増やすだけのデザインセンスも技量も、まったく足りないままだった。

それよりも最近は、オシャレな料理の写真で投稿欄が埋め尽くされている。

むしろ、ネイルよりも料理をアップするほうが楽しい。美食つながりのフォロワーも徐々に増えてきた。

同じ職場のネイリストたちも、こぞってネイルデザインを上げている。その中で、自分は一番フォロワー数が少なかった。ネイル画像だけではみんなに対抗できないため、桜はこじゃれたレストランの料理をアップし始めたのである。

ない。

「いらっしゃいませ」

薫の声が響き、他の予約客が入ってきた。ビジネススーツを着た男性二人組だ。

彼らは桜から離れた場所に座り、「……あの見積でお願いしますよ」「まあ、なんとかしたいとは思ってますけど……」などと話し合っている。どこかの会社の接待なのかもしれない。

スーツの似合う人って、やっぱり好きだな。達也《たつや》さんみたいに。

一人の男性の顔が浮かび上がり、自然と頬《ほお》が緩む。

その顔の主である長谷川《はせがわ》達也は、最近よく食事をする宝飾デザイナーだ。

「桜さんのネイルデザイン、素晴らしいですね。刺激を受けました」と、三か月ほど前にSNSのダイレクトメールに連絡があり、やり取りしているうちに親しくなった。

彼のSNSにはセンスの良いアクセサリーがアップされていて、フォロワーの数も多かった。単なるコレクションかと思っていたそのアクセサリー類が、彼自身のデザインによるものだと知ったときは、尊敬の念で胸が一杯になってしまった。

誘われて初めて食事をしたのは、麻布の目立たない場所にある小さなビストロ。雰囲気も料理もサービスも素晴らしくて、終始夢心地がしていた。

その後も月に二、三回のペースで会っているが、いつも驚くほど素敵で美味《おい》しいレストランに連れていってくれる。しかも、桜が憧れて止《や》まない街、青山や麻布の店に。

「桜さんには本物を知ってほしい。食事も洋服も宝飾品も、本物を知るって本当に大事なんだ。クリエイティビティを刺激してくれる。ネイルデザインも一緒だと思う。計算し尽くされた店内の設計、インテリア。見た目も味も最上級の料理。すべてを感じ取って、仕事に活《い》かしてもらいたいな」

奥二重のスッとした瞳《ひとみ》、薄く弧を描く口元。デザイナーズブランドのスーツとメンズ用のアクセサリーがよく似合う達也に、桜は急速に惹《ひ》かれていった。

一体なぜ、こんな平凡なあたしによくしてくれるのだろう？

疑問を口にしたこともあったが、達也はこう言って笑った。

「僕はね、原石を磨くのが好きなんだ。まだ自分の価値を知らない、若くて純度の高い原石。桜さんのようなね」

そっと握られた手の温《ぬく》もりを思い出し、胸が高鳴る。自分の手に重ねた彼の左中指には、自らがデザインしたという、黒曜石をあしらったプラチナの指輪が光っていた。三十三歳だという達也は、リッチな売れっ子デザイナーのようだった。

次に会ったら、もっと関係が進んでしまうのだろうか……。

そう考えたら居ても立っても居られなくなり、奮発して高級なレース使いの下着を買ってしまった。白地にパープルの模様が入った下着。気に入ってもらえるか不安だが、彼の前で下着姿になる自分を想像すると、身体《からだ》の奥がジワリと熱くなってくる。

達也と次に会う約束をしているのは、明日の土曜日だった。彼と一緒にあるパーティーに参加するのだ。そのために休暇を取ってドレスも購入した。古着屋で見つけたお手頃価格のドレスだが、半袖の派手すぎず地味すぎないデザインで、サイズもピッタリ。色は濃い目のブルーだから、今のネイルともマッチする。

買い物を終えてトラットリア代官山に来たのも、達也のためだった。

いつもご馳走《ちそう》してくれるので、いざというときに自分が招待できる店を開拓しておこう。そう思って一人でリサーチに来たのである。

「お待たせしました」

薫が料理皿を運んできた。

「こちら、前菜の〝秋鮭のフリットと聖護院かぶらの塩漬け〟。今が旬《しゅん》の秋鮭をスライスして、大葉を挟んでミルフィーユ状にしたものをフリットにしました。聖護院かぶらは京都の千枚漬けで有名ですけど、今回はトリュフ入りの塩だけで浅漬けにしてあります。上に添えてあるのはイクラです。かぶらと一緒にフリットを召し上がってください」

「……こんなお料理、初めて見ました」

黒い皿の上に盛られているのは、巨大な聖護院かぶらを横に薄くスライスしたものと、艶《つや》やかなオレンジ色のイクラ。その下に揚げたての大きなフリットが隠れている。まるで、秋鮭のフリットが聖護院かぶらのシーツを被《かぶ》っているようだ。

早速、スマホで写真を撮る。まずはそのままで。そのあと、半透明のかぶらを真ん中からカットして中のフリットが見えるように。鮭のピンクと大葉の緑が交互に重なった切り口が見目麗しい。フリットから香ばしい匂いが漂い、一刻も早く食べたくなるが、まずは写真を撮らなければ。

何度かアングルを変えて撮ったあと、即座に画像の加工をし、ＳＮＳにコメントを書き込む。

（前菜は〝秋鮭のフリットと聖護院かぶらの塩漬け〟。盛り付けが超ユニーク！）

急いで画像と共にアップした。

ようやく食事に取りかかる。食べやすい大きさにカットしたかぶらと、まだ温かいフリットを、フォークに載せて口の中へ。

――ウマー！

（シャキシャキのかぶらの苦みと大葉の風味が鮭の脂っこさを中和してる。かぶらからほんのりトリュフのいい香りがしてくる。フリットはフワフワとカリカリの中間って感じ。鮭とイクラの親子感もあって、めっちゃ美味しい。しかもボリューミー！　ここ、イタリアンってゆーか、ジャパネスク・イタリアンだよ）

急いでスマホを操作し、ＳＮＳにコメントを付け足す。

ひと息ついて周りを見ると、すべての席が埋まっていた。カウンターの中で忙しそうに、給仕係の薫とアイドル似のシェフが動いている。

桜は、インフルエンサー・愛子のフォロワーが投稿した記事で、この店を知った。中目黒でサンドイッチカフェをやっている鈴音という人だ。その鈴音が自身のＳＮＳで、「一人でも寛げる極上イタリアン」と紹介していたのである。

代官山という街にはずっと憧れがあったのだのだが、一人で来ることなど今までは皆無だった。川崎市内でことは足りていたし、自分には似合わないオシャレすぎる街だと思っていたから。

でも、達也と出会ってから世界が変わった。彼が麻布や青山のレストランに連れていってくれたので、徐々に慣れたのだろう。休みの今日、思い切って代官山で買い物をし、リサーチも兼ねて予約してこの店に一人で入れたのも、すべて達也のお陰だ。

ネイリストとしては同僚の中で一番格下だけど、男性と美味しいものを食べ歩きしている自分は、ほかの誰《だれ》にも負けていない気がした。

そういえば、このあいだ同期の高橋《たかはし》メイサに訊《き》かれたな、と桜はほくそ笑む。

「最近、桜ちゃんのＳＮＳってオシャレな飯テロ画像ばっかじゃん。しかも、さり気なく男の腕が入ってたりしてさ。彼氏に連れてってもらってるの？」

探るような視線を向けていたメイサ。

えー、彼氏なんかじゃないよ、友だち。などと答えつつも、優越感でくすぐったくなったものだ。

達也の腕は、わざと画像の中に入れていた。

それを見た仲間たちが、彼氏ではないか、と想像すると思っていたから。

とりたてて美人なわけではないし、小柄でスタイルだってよくはない。ネイリストとしてもまだ駆け出しの桜は、ＳＮＳにリア充な写真をあげることで、内に秘めた欲求を満たしていたのだった。

――気づいたら、皿もグラスも空になっていた。

「お飲み物、何かお持ちしましょうか？」

薫がカウンター内から皿を下げながら、桜に尋ねてきた。

「……じゃあ、次のパスタに合うワインをお願いできますか？　あと、フォカッチャのお代わりをください」

「かしこまりました」

うやうやしく答えた薫を見て、いっぱしな感じに答えられたかなと、今のやりとりを反《はん》芻《すう》する。最初はオドオドしてしまったが、徐々に落ち着いてきた。

そういえば、お酒の選び方が分からないと言った桜に、達也が教えてくれた。

店の人に料理に合わせて選んでもらえばいいんだよ、そのためにソムリエがいるんだから、と。

その通りだ。分からないと迷っているより、選んでくださいと頼んだほうが、レストランに行き慣れている雰囲気を醸し出せるに違いない。

ほどなく薫が、料理皿と白ワインの入ったグラスを運んできた。熱々のフォカッチャと一緒に。

「本日のパスタ、〝自家製パンチェッタと金糸瓜のカルボナーラ〟です」

「パンチェッタってなんでしたっけ？」

「豚バラ肉の塩漬け。生ベーコンとも言います。燻製《くんせい》したらお馴染《なじ》みのベーコンになるんですよ」

「そうなんですね。すっごく美味しそう」

クリーミーなソースで和《あ》えた、きし麺《めん》のような平たいパスタ・タリアテッレの中に、ベーコンよりも厚みがあって香りの強い豚バラ肉がゴロゴロと入っている。

「じゃあ、金糸瓜は？」

「あれです」と薫が厨房の一角を指差す。

楕円形《だえんけい》のメロンのような黄色い野菜が置いてある。

「茹《ゆ》でて実を削《そ》いでいくと、金の糸のようになる瓜。まるで黄金色のそうめんのような形状になるんです。だから〝そうめんカボチャ〟とも呼びます。それをタリアテッレと一緒に卵と生クリームのソースで和えました。パルミジャーノもたっぷり入ってます」

言われて皿の中を覗《のぞ》くと、確かにそうめんのように極細で、鮮やかな黄色の野菜が、タリアテッレと絡み合っている。

「そうめんカボチャかー。あたしの実家のほうに卵麺《らんめん》って名前のそうめんがあるんですけど、それに似てます」

「ああ、卵麺。岩手県のソウルフードだって聞いたことがあります」

「そう。あたしも岩手出身なんです。卵が入ってるから黄色くてコシが強くて、すごく美味しいんです。しばらく帰ってないから、実家を思い出しちゃいました」

夏場によく家族で食べた卵麺。茹でて氷水でよく冷やしてから、麺つゆにつけてツルリと食べる。薬味は細かくした芽ネギやミョウガ。父も母も、今は大学受験中の弟も、風鈴の音が鳴る畳の居間で、大盛りにした卵麺をつつき合うのが大好きだった。なんだか妙に懐かしい。

「そうめんカボチャも独特の歯ごたえがあって美味しいですよ。お料理が冷めないうちに召し上がってみてください」

「はい」と返事はしたものの、食べる前に写真を撮ってSNSに投稿しなければ。

スマホを操作し始めた桜に、薫が「ワインはラツィオ州のフラスカーティ・スーペリオーレ。ローマ皇帝たちにも好まれたフルーティーな白ワインです。濃厚なクリーム系のソースにもよく合うと思います」と説明してくれたが、撮影に集中していたので頷《うなず》くだけになってしまった。

厨房の金糸瓜と料理を撮り、（またまた珍しい料理！　金糸瓜という、そうめん状になったカボチャ入りのカルボナーラ。自家製の生ベーコンも超絶に美味しそう！）とコメントして投稿した。イイネの数がどんどん増えていく。

作業を終えると、薫はすでに他の客の給仕をしていた。

冷めないうちに、と言ってくれたのに、だいぶ時間が経《た》ってしまった。少しだけ申し訳なく感じながら、カルボナーラを食べてみる。

すごい。麺はコシがあってモチモチしてて、金糸瓜のシャリっとした食感が絶妙に溶け込んでる。ソースは舐《な》め尽くしたくなるほどコクがあって、でも塩気は薄い。そこに塩味の濃いパンチェッタが加わることで、味が完成するのだろう。

フォークを置いて白ワインを飲む。やや酸味のあるフルーティーな味。カルボナーラで占拠されていた舌の上の濃厚さが、嘘《うそ》のようにさっぱりと消えていく。すると、また濃厚な味がほしくなってくる。

再びSNSにコメントを付け足したくなったが、今はそれよりも、料理とワインを交互に楽しみたいという誘惑のほうが勝っていた。

二個目のフォカッチャの切れ端で皿のソースをきれいに拭《ぬぐ》い、桜は料理を食べ終えた。

「お味、いかがでしたか？」

アイドル似のシェフが話しかけてきた。プレートの名前は安東怜。

間近で見ると、本当にキュートな顔立ちをしている。

「本当に美味しかったです。こういうお店に一人で入るの初めてで、ちょっと緊張してたんですけど、来てよかったです」

「ありがとうございます。デザートも楽しんでいってくださいね」

皿を下げて厨房に戻る怜の背中を、桜はうっとりと見つめた。

なによ、ここ。料理もお酒も最高だし、スタッフもステキじゃない！

絶対に達也を連れてこよう。きっと感嘆するはずだ。

そう桜は心に誓っていた。


デザートの〝コーヒー風味のブロマンジェ〟を心行くまで堪能《たんのう》し、桜はほろ酔い気分で店を出た。

ふと右手の薬指に目をやり、「うわっ」と声を上げてしまった。

大事なものがそこにないのだ。トラットリア代官山にいたときは確かにあったのに。

踵《きびす》を返して来た道を走って戻る。

勢いよく階段を下りていくと、薫が最後の客を送り出していた。

「片桐様、どうかされましたか？」

客のカップルが好奇の視線を向けていたが、そんなことを気にしている場合ではなかった。

「ゆ、指輪！　指輪の石がないんです！」

「石？」

「サファイヤ。ほら、ここにあったやつ」

右の薬指を薫に見せる。

それは、三つの細い金細工のリングを重ね付けするデザインの指輪だった。一番下は、青色の宝石・サファイヤを細かくちりばめたもの。真ん中は白いベビーパールが点々と入ったもの。

そして一番上の指輪には、中央に小ぶりの丸いサファイヤがはめ込まれていた。そこが、ぽっかりと空洞になっているのだ。

「お店に落ちてるかもしれないんです」

桜は必死の様相で訴えた。

「分かりました。すぐに探しましょう」

薫と一緒に店内に入ると、怜が「どうしたんですか？」と目を丸くした。

「片桐様の落とし物があるかもしれないの。サファイヤ」

「サファイヤ？」

「ブルーの石です。宝石。ここに入ってたやつ」と怜にも指輪を見せる。

「お店を出てから、石がないのに気づいたんです」

「床に落ちてるかもしれない。私はお化粧室を見てくるから、怜も探して差し上げて」

「了解です」

それから三人は、カウンターや床を見て回った。店の隅々まで、目を皿のようにして。

――しかし、どこにもサファイヤはなかった。

「……どうしよう。分割で買ったばっかなのに」

涙目の桜を前に、薫と怜が申し訳なさそうな顔をしている。

すると入り口の扉が開いて、「お疲れさーん」と陽気な声がした。

「まだ看板出てるから、また入っちゃったよ。薫ちゃん、もう一杯だけ飲んでってもいい？」

「工藤さん、いま大変なことになってて」

工藤、と呼ばれたのは、鮮やかなイエローのシャツにホワイトジーンズを穿《は》いた、色黒の壮年男性。桜が食事していたとき、彼が反対側のカンターの隅に座っていたのを覚えていた。桜より先に店を出たのだが、また戻ってきたようだ。

「なになに、どうしたんだい？」

「実は……」

「あたしが指輪の石を落としちゃったんです。ここにあるのかなと思ったのに、探しても見つからなくて」

桜が工藤に打ち明けた。目に涙を溜《た》めて。

「もしかして、青色の宝石？」

意外にも工藤が言い当てる。

「そう、そうです！　なんで知ってるんですか？」と工藤に詰め寄る。

「階段の途中に落ちてた。お客さんの落とし物かなと思って拾ってきたんだ。ほら」

工藤が右の手の平を差し出す。小さなブルーの石が光っている。

「それです！　ありがとうございます！」

素早く石を受け取り、指輪の穴にはめ込む。

「ああ、よかった……」

安堵《あんど》の余り力が抜け、カウンターの椅子に座り込んでしまった。

「すぐ修理に出します。皆さんのお陰です。お手数をかけてしまって、本当にすみませんでした」

よかった、と口々に言い合う怜と工藤。薫は指輪をじっと見つめて、「綺麗《きれい》な指輪。ネイルともよく合ってますね」とほほ笑んだ。

「ありがとうございます。あたし、ネイリストなんです」

「じゃあ、そのネイルはご自身で？」

「はい。デザインしました。ブルーのベースに白い波模様。ありきたりだけど、指輪のサファイヤとパールに合わせたかったんです」

「そうなんですね。本当に素敵です」

薫が目を細める。男性スーツで身を固めているけど、気配り上手で接客も丁寧だし、内面は女らしい人なんだろうなと桜は思った。

「無事に石が戻ったんだ。このメンツで乾杯、ってのはどうだい？」

「工藤さんの奢《おご》りならいいですよ」と薫が軽口を叩《たた》く。工藤とはかなり親しいようだ。

「もちろんだよ。お嬢さん、お名前は？」

「あ、桜です。片桐桜」

「桜ちゃん。よかったら一杯だけどう？　もう閉店だから無礼講ってことで」

「工藤さんのお店じゃないんですけど、まあいいでしょう」

苦笑した薫からも、「よろしければご一緒しませんか」と誘われた。

こんなに親切にしてもらったのに、さっさと帰るわけにはいかない。終電までまだ時間の余裕はある。

「はい。飲み物をいただくので、お代を払わせてください」

「いーからいーから。オジサンに任せてひと息つこう。薫ちゃん、俺《おれ》はいつもの泡がいいなあ」

「カヴァですね。でも、一杯だけですよ。ルカちゃんが心配しますから」

「大丈夫。あいつは今、ニキータとルーシーに夢中だから。桜ちゃんもカヴァでいいかい？」

「カヴァってなんですか？」

　ニキータとルーシーが何を意味するのかも気になったが、そこはスルーして質問した。

「スペインのスパークリングワイン。カヴァはスペイン語で泡って意味があるんだ。白のカヴァもいいけど、俺のオススメはロゼ。うまいぞー」

　桜の隣に座った工藤がニッカリと笑う。いかにもお人好しな感じの笑顔だ。

「じゃあ、それをください」

「よし、決まり。怜くん、オリーブかチーズもらえるかな？」

「了解です」

　怜が準備を始めた。薫もワインボトルを手にしている。

　桜にとってはまさかの展開だったが、憧れだった代官山で、店の人たちとプライベートで飲むという行為に、心が浮き立つようなよろこびを感じていた。

「――んで、桜ちゃんはその達也くんと付き合う気なわけ？」

「ですね。やさしいしオシャレだし、いろいろ教えてくれるから」

桜はすっかり工藤徹のペースに乗せられていた。指輪について話した流れで達也のことを打ち明け、スマホの待ち受けにしている彼の写真まで三人に見せてしまった。

実は、この指輪を購入したのは、達也が勤めている渋谷のジュエリーショップだった。遊びにおいでよと誘われて、食事の前に寄ったのだ。

「無理に買わなくてもいいから」と彼は言ってくれたけど、行った以上は何か買ってあげたかった。桜にとっては高い買い物だったが、デザインは気に入ったので、カードの分割払いで手に入れたのである。

そのショップは渋谷の駅からかなり離れた雑居ビルの中にあったのだが、中は広々として優雅な空間だった。ショーケースに飾られた宝飾品は、手頃《てごろ》な銀製品から高級なダイヤモンドまで取り揃《そろ》えてあり、桜は目の保養をタップリとさせてもらった。

「ピンクダイヤのネックレスなんて、何千万もするんですよ。びっくりしちゃいました」

「たしかに家が買えちゃうよなあ。落としたら一大事だ」

しゃべっているのは主に自分と工藤。薫と怜はカウンターの中で洗い物や片づけをしながら、淡いピンク色のカヴァをゆっくりと飲んでいる。

本当は、誰かに達也のことをしゃべりたかったのだ。

サロンの誰かに言ったらあっという間に広まって、ヘタするとやっかみの対象になるかもしれない。女ばかりの職場なので、そこは気を遣う。同期のメイサにも「友だち」としか言う気はない。

だが、工藤たちは近しい人間ではないからこそ、むしろ話しやすかった。美味しいカヴァの酔いもあり、達也との出会いからこれまでの経緯まで、桜はざっくばらんに告白していた。

「この指輪、達也さんがデザインしたものなんです」

重ね付けした金細工の指輪を掲げる。サファイヤは抜けたままだ。工藤が見つけてくれたそれは、二度と失《な》くさないようにポーチにしまってある。

「明日彼と会うから、そのときに修理を頼みます。――あ、ちょっとすみません」

スマホにイイネの通知が入った。素早く操作して誰からのものか見る。

――メイサだった。

イイネを返すためにメイサのＳＮＳをチェックした途端、桜は息を呑《の》み込んだ。

「なにこれ！　どういうことっ？」

「どうした？　何かあったのかい？」

工藤にスマホを向ける。

「これ、同期のメイサって子のＳＮＳなんですけど、最新の投稿にあり得ないものが写ってるんです！」

　メイサはオシャレな料理をいくつかアップしていた。まるで桜の投稿を真似《まね》たかのようだ。しかも、男性らしき手も写り込んでいる。その男性が左中指にしている指輪は、黒曜石をあしらったプラチナの指輪。

「メイサと一緒に写ってる人の指輪、達也さんと同じデザインなんです。手の甲にある小さな黒子《ほくろ》からして、彼かもしれない。ううん、間違いなく達也さんだと思います」

　一気にしゃべってから、メイサの他の投稿記事を調べる。

「あっ、証拠があった！」

　メイサが最近アップしたネイル画像の中に、左中指に金細工の指輪を三つ重ね付けしているものがあったのだ。桜がしている指輪と酷似している。メイサのはサファイヤではなく、緑色のエメラルドだが。

「達也さんがデザインした指輪。メイサも買ったんだ。まさかあたしとメイサ、彼に二股《ふたまた》されてるってこと？」

（彼氏に連れてってもらってるの？）と探りを入れたのは、メイサも達也を知っていて、確かめたかったのかもしれない。今の自分と同じように。

　膨れ上がってきた疑念で胸が苦しい。

「ちょっとメイサに連絡してみます」

　思い切ってメイサに電話をしてみた。しかし、応答する気配はない。

「出ない。メールしてみようか。でも、なんて書けばいいんだろ。あたしの彼氏候補となんで会ってるの？　とか。いや、そんな言い方じゃダメだな……」

悩み込んでしまった桜に向かって、薫が静かにつぶやいた。

「Ambasciator non porta pena.」

「え？　なんですか？」

「〝悪い知らせがきたとしても、知らせた者に罪はない〟。嫌な情報を誰かから伝えられても、その誰かを責めるべきではない、というイタリアの格言です。片桐様の場合は自ら知ってしまったわけですけど、そのメイサさんにも何かご事情があるような気がするんです」

「待ってました、薫ちゃんのイタリア語録。そうだよ桜ちゃん。ちょっと待ちなって」

薫と工藤に提言されて、とりあえずスマホをカウンターに置く。

「明日会うんだろ？　その達也くんに。さり気なく確かめればいいじゃないか。まだ恋人未満なんだからさ、ライバルの一人や二人、いたって不思議じゃあない。ここはあわてず騒がずにだな……」

「工藤さん、そんな悠長な話をしてる場合じゃないかもしれません」

鋭い口調で薫が話を遮った。

「僕もそう思います」と怜が賛同する。

「おいおい、どうした二人とも」

薫は工藤には構わず、桜を真っすぐに見て言った。

「桜さん、って呼ばせてもらいますね。その達也さんとは、ＳＮＳのＤＭでメッセージをもらったのがきっかけだったんですよね？」

「そうです」

「だとしたら、達也さんは同様のＤＭをメイサさんにも送っていたとも考えられます。つまり……」

話し辛《づら》そうに口ごもった薫の代わりに、怜がズバリと言い切った。

「営業。しかもデート商法の可能性がありますね」

「……デート商法？」

声が震えた。

デート商法という言葉は知っている。恋人になりそうな素振りをして、商品を売りつける詐欺まがいの販売方法だ。

「僕の知人で被害に遭いそうになった人がいるんです。男性なんですけどね。ＳＮＳで知り合った女性と付き合い始めて、すぐに結婚話が出てマンション購入を勧められて。彼は賃貸派だったので断ったら、その女性とは一切連絡が取れなくなった。あとになって、彼女が不動産会社の営業だと知ったそうです」

怜の話に耳を塞《ふさ》ぎたくなる。

……まさか、あれは彼の偽りのやさしさだったの？　あたしに宝飾品を買わすためだけの。

急速に喉の奥が詰まり、吐き気すら催しそうになっていたが、桜は怜を軽く睨《にら》んで言葉を発した。

「でも、だったらおかしくないですか？　達也さんはいつも、あたしに食事をご馳走してくれるんです。単なる営業でそんなことします？　自分が損するだけじゃないですか」

言い方がきつくなってしまった。怜が申し訳なさそうに目を伏せる。

「桜ちゃん」と横の工藤から呼ばれた。

「はい？」

「その指輪、食事代よりも高かったりしないかい？」

「そんなに高くないです。彼のほうが支払ってます」

必死で達也を庇《かば》う。本当は、指輪のほうが高いかもしれないと思っていた。

しかし、なんとしてでも否定したかった。騙《だま》されているなんて認めたくない。

……そんなの悲しすぎる。高価な下着まで買ったのに。

でも、だったらなんでメイサが達也と一緒にいるの？　彼がデザインした指輪をはめて。

達也はSNSを利用して、カモを探してるんじゃない？　それに引っかかったのが、あたしとメイサ。

それに、この三連付けの指輪をしきりに似合うと勧めたのは達也だ。買わなくてもいいと言いながらも、特別に割引ができると何度もささやいていた。

いざ買うと決めたら、「支払いはカードだよね？」と冷静に対応された。店の奥から狡《こう》猾《かつ》そうな顔の店長が現れて、そそくさと契約書を差し出し、慣れた口調で契約について説明をされた。内心ではいいカモだと笑われていたのかもしれない。

考えれば考えるほど、達也が怪しく思えてくる。

「桜さん、明日は彼とどこで会うんですか？」

薫に訊かれて黙り込んだ。

実は、ジュエリーショップの展示会に呼ばれているのだ。

「特別客しか入れない極秘の展示会なんだ。パーティーのような感じで飲み物やオードブルも出る。ドレスアップしておいでよ、エスコートするから」

などと達也に甘い声で誘われて、行きたい！　と舞い上がった自分が情けなくなってくる。もしも、その展示会で自分が高い宝飾品を買えば、これまで達也が払った飲食代なんて、微々たる経費になるのだろう。

そんな男のために高価な下着まで買っちゃって。あたしってバカじゃん。

悲しい気持ちが薄まっていき、代わりに達也に対する怒りが胸の奥から湧《わ》き上がってきた。

「ちきしょう、バカにしやがって。田舎娘だから簡単だとでも思ったのかよ！」

心の声がそのまま飛び出してしまった。薫たちが唖然《あぜん》とした顔で桜を見ている。

「……すみません。なんか悔しくなっちゃって、暴言吐いちゃいました……」

肩を落とした桜に、いいねえ、と工藤が拍手をした。

「桜ちゃん、勇ましくていい。俺は強い女が大好きなんだよね」

包容力を感じさせる工藤。何もかも吐露したくなってくる。

「実は明日、宝飾品の展示会に行く予定なんです。彼のお店が主催する展示会。お買い得なアクセサリーがたくさんあるって言ってたんです。買わせるつもりかもしれない……」

唇を噛んだ桜に、薫がやさしく話しかけた。

「まだ推測の域を出てませんからね。デート商法の可能性は否《いな》めませんけど、達也さんの本心は別かもしれない。会って確かめるのも悪くないと、私は思いますよ」

「だな。脅されて無理やり買わせるなんてことは、さすがにしないだろ。このコンプライアンスの厳しい時代に。もし何か売りつけられそうになったとしても、断固として断ればいい」

工藤がおだやかな口調で言う。

「いざとなったら僕を呼んでください。こう見えても合気道やってたんで」と怜もガッツポーズを取る。

「そうですよね。いろいろと本当にすみません……」

三人に礼を述べながら、桜はメイサのことを考えていた。

同期で入店した彼女は群馬《ぐんま》出身で、桜と同じく川崎のアパートで姉と二人暮らしをしている。

おっとりとした雰囲気の、大きなメガネが特徴のメイサ。いつだったか、「病弱で仕事が続かない姉さんの分も働かなきゃ」と笑顔で話してくれた。お互いの爪を使ってネイルの練習をしたり、仕事の愚痴り合いを居酒屋ですることもある。

そんなメイサも被害者だったとしたら、何も気づかずに展示会に来る可能性だってある。そしたら、高い買い物をさせられてしまうかもしれない……。

「メイサも来るかもしれない。心配だから行ってきます」

決意した桜に、薫が真剣な表情で言った。

「その展示会って何時からですか？　場所は？」

「午後一時に達也さんと待ち合わせしてます。場所は渋谷の高層マンション」

「じゃあ、本当に何かあったならこの店に連絡してください。ここから渋谷ならすぐ行けるので」

「ありがとうございます！」

そのときの薫は、まるでヒーローのように頼もしく見えた。

「俺もその時間帯は動けるようにしておくから、安心して行ってきな。これ、俺の連絡先。この上で店やってんだ。いわゆるブティックってやつ」

「そうだったんですね。今度寄らせてもらいます」

工藤から名刺を受け取った。その小さな薄い紙が、とても強力なお守りのように感じる。

「本当に助かりました。皆さんのお陰で、明日は冷静でいられる気がします。じゃあ、そろそろ終電なので失礼しますね」

立ち上がった桜を、「あの、桜さん」と怜が呼び止めた。

「はい？」

「万が一のときのために、対抗策を考えておいてもいい気がするんです。僕、ちょっと思いついたことがあって」

小首を傾《かし》げた桜の前で、怜はある提案をした。

「――なるほど。そうしてみます」

……すごい。初めて来た客のために、ここまで考えてくれるなんて。この店の人たちは、本当にヒーローなのかもしれない。

桜は何度も礼を述べてから、トラットリア代官山をあとにした。

翌日。桜は代官山で購入した高級下着とドレスを着こみ、メイクもヘアセットも入念に施して渋谷のマンションに向かった。女として華やかに装うことが、鎧《よろい》の役割を果たすような気がしたからだ。

達也に教えてもらった高級マンションは、渋谷の松濤《しょうとう》という高級住宅街にそびえ立っていた。まるでホテルのような外観。エントランスには受付まであり、制服姿の女性が待機している。

桜は少し安心した。セキュリティの厳しそうなマンションなので、主催側が妙なことはしないだろう。

約束時間より三分ほど遅れて、達也がマンション内から出てきた。

「桜ちゃん、お待たせ。めっちゃ素敵なドレスだね。似合ってるよ」

いつものようにデザイナーズスーツでキメた達也。左手に黒曜石の指輪、腕時計はロレックス。スマートだと思っていた彼の笑顔が、今は詐欺師の嘲笑《ちょうしょう》のように見える。

褒《ほ》め上手でグルメで、ファッション情報にも詳しい達也。理想の彼氏になってくれると思っていたのに、自分は騙されているのか。

――だったら、こっちも欺《あざむ》いてやる。

「あのね達也さん。指輪の石が取れちゃったの。買ってからまだ二か月も経ってないよね。なのに外れちゃうなんて、不良品だったんじゃない？」

できる限りフラットな口調で言い、笑みを作って指輪を入れたケースを渡す。

「え？　マジで？」

彼はケースを開けて中の指輪を確認し、「ホントだ、申し訳ない。すぐに修理するよ」と答えた。

返金してよ！　と言いそうになったが、その前に確認しておきたい。

「ねえ、あたしの同僚に高橋メイサって子がいるんだけど、知ってる？」

ド直球を投げてみた。いきなりの投球なのだから、少しは表情が動くはずだ。

しかし――。

「あー、メイサちゃん。知ってるよ。桜ちゃんと同じお店のネイリストさんなんだよね」

顔色ひとつ変えずに、達也は即答した。

「このあいだSNSにDMくれてさ。アクセサリーに興味があるっていうから、店に来てもらったんだ。桜ちゃんのことも話してたよ。仲良くしてるって」

用意されたような返事。なんだか疑わしい。

「なんでそのこと教えてくれなかったの？　メイサ、これと同じデザインの指輪買ったでしょ、エメラルドの。SNSで見ちゃったんだ。あと、達也さんと食事してる画像もあったよ。達也さんの手が写ってた」

　こらえようがなくなり早口で問いただす。嫌悪感が滲《にじ》んでしまった。

　だが、「なんか誤解してるんじゃないかな」と、達也はやさしく笑い声を立てる。

「だって、メイサちゃんがうちの店に来てくれてから一週間も経ってないんだよ。俺たちが会うの二週間ぶりだろ？　会ったら言おうと思ってたんだよ。食事もしたけど、誘ってくれたのはメイサちゃんなんだ。桜ちゃんの友だちだから、なんか断れなくてさ」

　……まるでメイサが一方的に言い寄ったような口ぶりだ。本当なのだろうか？

「あれ？　まだ疑ってる？　だったら直接メイサちゃんに訊きなよ。展示会に来てるから」

「メイサも？」

　やはり彼女も達也に誘われていたのか。

「うん。来たいって言ってくれたから、招待状渡した。桜ちゃん、何も知らなかったんだ。メイサちゃんから聞いてるかと思ってたのに」

「……そうなんだ」

　今の話が事実なら、メイサは達也と会ったことを、わざと自分に黙っていたことになる。もしかして、達也は悪くない？　悪いのは、抜け駆けしたメイサ？　あのＳＮＳ投稿は、あたしへの当てつけだったの？

混乱してきた桜の肩に、達也がそっと手を置いた。微《かす》かに男性用のコロンが香る。

「誤解されるようなことしちゃってごめん。機嫌直してくれないかな。展示会も始まっちゃってるし、早く上に行こうよ。実はさ、有名人なんかも来てるんだ。女優さんとか」

こくり、と桜は頷いた。

やっぱり、達也はあたしを大事にしてくれてるのかも。疑っちゃって申し訳なかったかな……。

心に立ち込めていた暗雲が急速に消えた桜を連れ、達也はエントランス横の機械に黒いカードをかざした。

まるで魔法のようにガラスドアが開き、桜は大理石と高級絨毯《じゅうたん》で埋め尽くされた豪華な空間に、足を踏み入れたのだった。


うわー、なんかすごい……。

三十階建てのマンションのペントハウス。壁一面がガラス張りで、床は大理石。ホテルの中規模な宴会場くらいの広さだ。あちらこちらに台座が置かれ、小粒のイヤリングからゴージャスなティアラまで、さまざまな宝飾品がガラスケースの中に展示されている。

その宝飾品のすべてが、ピンクダイヤをあしらったものだった。

広大なフロアは人々で溢《あふ》れ、着飾った男女がシャンパングラスを手に談笑している。中には、テレビドラマで見たことがある中年の女性タレントもいた。光沢のある薄桃色の高そうな着物姿で、スーツを着た男性たちに囲まれている。

「ねえ、ここって誰かの持ち家なんでしょ?」

そっと尋ねた桜の耳元で、達也はささやいた。

「ハウススタジオ。映画やドラマの撮影や、イベントとかで貸し出してるんだよ」

そんな場所があるなんて、初めて知った。

「ここの展示品、達也さんがデザインしたの?」

「まさか。僕はまだひよっ子だから。ベテランの宝飾デザイナーが手掛けたものばっかだ。普通じゃなかなか買えないと思うよ。今日だけは特別価格だけど」

……特別価格、という言葉に引っかかりを覚えた。心の空を、再び灰色の雲が覆い始めていく。

「お飲み物をどうぞ」

モデルのような美女が、グラスを載せたトレイを差し出してくる。

「どうも」

達也が素早く二つのグラスを取り、その一つを桜に握らせた。

「ピンクシャンパン。今日はすべてがピンクなんだ」

確かに、各所に設置された円卓のクロスや、隅のテーブルに載せてあるオードブルの皿など、目に付くものすべてがピンク色である。

「ごめん、お客さんに挨拶《あいさつ》してくる。すぐ戻ってくるから」

達也がその場を離れる。目で追っていた桜は、彼が深紅のドレスを着た女性に声をかけるのを見た。いかにも親しそうに笑い合っている。それが本当に単なる仕事なのか、デート的な営業なのか、この距離からは判断できない。

額に汗が浮かんできた。自分が考えている以上に緊張しているようだ。

トイレに入って化粧などを直し、会場に戻って展示品を見て回る。

目玉として会場の中央に陳列されたティアラは、なんと三億円。大粒のピンクダイヤがびっしりと飾られている。それ以外の宝飾品も、安くて百万円クラス。ため息が出るほど美しいが、とても手が出せる代物ではない。

桜は美術館にいるような感覚で、ぼんやりと展示物を眺めるしかなかった。

「あ、いたいた。桜ちゃん」

振り向くと、すぐそばにメイサが立っている。

黒い地味なスーツにいつもの大きな黒縁メガネ、黒いバッグ。正直、パーティーというより葬式にでも行くような服装だ。

「昨日は電話に出られなくてごめん。桜ちゃんも今日来るって聞いてたから、そこで話そうと思ってかけ直さなかったんだ。なんか急用だったの？」

屈託のないメイサの態度に、戸惑いを覚えた。

「いや、ＳＮＳでメイサが達也さんと一緒の画像を見ちゃったから、ちょっと気になって……」

正直に打ち明けたら、「あれ？　もしかして達也さんと付き合ってる？」とさらりと言う。

「いや、まだそういう感じじゃないけど……」

答えに窮した桜を、メイサがメガネの奥からまじまじと見つめる。

「これからそうなる可能性があるの？」

「どうだろう。ちょっと分かんなくなってる」

これまた正直に言って目を伏せる。視線の先にあるメイサの指に、自分とお揃いの三連指輪が見える。

「その指輪さ、達也さんのデザインだよね」

「うん。彼の店で買ったの。すっごい似合うって勧められちゃって。安くはなかったからローンでね」

「あたしもメイサと同じ指輪持ってる。石は違うけど」

「そうなの？　桜ちゃん、普段は指輪してないから知らなかった。そっか、お揃いになっちゃったんだね。なんかゴメン」

いつもと変わらない自然な態度で、メイサが謝る。

確かに、桜はネイルの仕事をしているときは指輪を外す。ＳＮＳにこの指輪をアップしたこともない。メイサが同じデザインのものを買ったのは、単に勧められたからなのだろう。つまり達也は、桜に売ったのと同じだと知りながら、メイサにも指輪を勧めたことになる。

ちょっとヒドいんじゃない、それ。石の種類が違うから別にいいと思ったのか、ほかに買ってもらえそうな金額の商品がなかったのか……。

「ねえ、メイサにも達也さんからＤＭが来たの？」

一番気になっていたことを確かめてみた。

「ううん、アタシからＤＭした。純粋に興味があったんだよね、ＳＮＳで見た達也さんのアクセサリーに。桜ちゃんのフォロワーだったから、気軽にコンタクト取っちゃった。そしたら、デザイナーやってるんで実物を見てほしい、特別価格にできるから店に来ればって連絡があったの。もっとデザインの話が聞きたくて、食事にも誘った。でも割り勘だよ」

わざわざ割り勘と付け加えたのは、誤解するような関係ではないと、桜に強調したかったに違いない。

「そうだったんだ」

「うん。不愉快にさせちゃったかな？　ホントごめんね」

真摯《しんし》に頭を下げられて、猜疑心《さいぎしん》は少しだけ薄まった。メイサの話は達也と一致する。達也は嘘をついていたわけではなかったようだ。

代官山の薫たちはいろいろと心配してくれたが、杞憂《きゆう》だったのかもしれない。

「桜ちゃん、やっぱり達也さんが気になってるんだ。もしかして、いい感じまで進んじゃってるんじゃない？」

メイサはまた、探るような視線を向けた。

「ううん、本当にまだなの。実はね、そうなってもいいかなって思ってたんだけど……」

桜がデート商法の疑惑があったことを話そうとしたそのとき、場内から大きな拍手が沸いた。

「皆さま、本日はお集まりいただきまして、誠にありがとうございます。わたくし、当ジュエリーショップの代表を務めております、荒野宏太《あらのこうた》です」

ピンク色のスーツ姿の中年男性が、入り口近くの演壇に立っていた。まるで通販番組にでも出てきそうな、ド派手な衣装だ。襟元で大きなピンクダイヤのピンが輝いている。彼の傍らでほほ笑んでいるのは、薄桃色の着物姿の女優だ。

「今ここにいらっしゃるのは、選ばれた僅《わず》かな方々です。誰もが憧れるセレブリティな方。そして、これからセレブリティの階段を駆け上がっていく方」

愛嬌《あいきょう》のある笑顔で、抑揚タップリにスピーチを始めた荒野。何を言い出すのか、桜は彼の話に集中してしまう。

「今回ご用意した宝飾品は、すべて天然のピンクダイヤモンド。ご存じかと思いますが、ピンクダイヤは産地が限られているため非常に希少価値が高く、〝奇跡の宝石〟と呼ばれております。これからますます、その価値は上がっていくことでしょう。美しいピンクの光沢、魔力を秘めたかのようなその輝き。いや、本当に魔法の宝石と言っても過言ではありません。たとえば、ハリウッドで大成功を収めた俳優、世界でトップクラスのモデル、大企業の創業者、著名なクリエイターや政治家。ピンクダイヤを肌身離さず身につけているセレブは枚挙にいとまがありません。そして、日本でもピンクダイヤがきっかけでスターの座に上り詰めた方がいます。こちら、女優の片瀬《かたせ》さと子《こ》さんです」

荒野が着物の女優にマイクを譲った。

「こんにちは、片瀬さと子です。わたくしがこの奇跡の宝石と出会ったのは、まだほんの新人の頃でした。初めは、自分にはまだ早い、手が届かない、と思ったものです。でも、このピンクの輝きは、わたくしを虜《とりこ》にして放しませんでした」

片瀬さと子が左手を掲げる。巨大なピンクダイヤの指輪が眩《まばゆ》い光を放つ。

「無理をしてでも手に入れたいと思いました。そして、思い切って購入してから、わたくしの人生は明らかに変わりました。難関だった映画のオーディションに合格し、主演の座を射止め、それからはドラマ、映画、舞台と、憧れていたステージに立たせていただくようになったんです」

桜は、片瀬さと子についてほとんど知識がなかった。たまに「あの人は今」的なバラエティ番組で目にするくらいで、かつて活躍していた女優で今はタレント、くらいの認識だ。だが、さすがに間近で見ると強い存在感があるし、歳《とし》の割には美しい。やや人工的な美しさだが。

「この宝石に本当に魔力があるのかどうかは、わたくしには分かりません。ただ、これだけは言えます。毎日この石に願いを伝え、その願いが叶《かな》うと信じ、叶ったときの自分をリアルに想像し続けた結果が、芸能界で生きている今の自分だと。わたくしを理想の世界に連れていってくれたのは、夢を現実のものにしてくれたのは、このピンクダイヤなんです」

周囲から拍手が沸く。つられて桜も手を叩いてしまった。メイサもしきりに拍手をしている。

その後もさと子と荒野は、交互にピンクダイヤの素晴らしさを語り合った。

「皆さんにも願いを叶えてほしい」「このチャンスに巡り合ったこと自体が幸運」「どれも世界でただ一つの宝飾品」「ぜひ持っていてもらいたい」「後悔などさせない。むしろ手に入れなかったらチャンスを逃したことを後悔するはず」「夢を摑《つか》むための秘訣《ひけつ》は、密《ひそ》かにこの石を所持して人には言わないこと」「資産としての価値もある」「今回だけは格安でお届けできる」

この宝石を手に入れないなんてあり得ないとばかりに、二人は饒舌《じょうぜつ》に熱烈に会場の人々に訴えている。初めは胡散臭《うさんくさ》いと思っていた桜でさえ、欲しくなってきたくらいに。もちろん、只《ただ》ならだけど。

続いて、顧客らしき男性や女性が次々と登壇し、口々にどんな効果があったか証言を始めた。

ピンクダイヤを買ったら起業が成功した。二十キロも痩《や》せられた。理想のパートナーと出会えた。昔買ったときから価格が数倍になった……。

桜はすでに飽き飽きし始めていたが、隣に立つメイサはスピーチを真剣に聞き続けている。

「桜ちゃん、メイサちゃん、もう一杯どう？　あっちにオードブルもあるよ」

スピーチの途中で、達也がピンクシャンパンのグラスを二つ持ってきた。

「ありがとう」とメイサが受け取り、グイッと飲む。桜も同様だ。高級なシャンパンなのだろうが、この状況で飲んでも味がよく分からない。

「桜ちゃん、ちょっといいかな？」

達也に腕を引かれ、メイサから離れた場所に移動した。

桜の耳元に顔を寄せて、達也がささやく。

「今日は桜ちゃんをぜひ招待したかったんだよね。セレブの素養があるから」

「なにそれ。つまりカモってことでしょ?」

「やだな桜ちゃん。キミは原石だって言っただろ。磨けば美しいダイヤになる。クリエイターの才能も異性を惹きつける魅力も、もっともっと花開く。だからここに呼んだんだよ」

「あっそ」

すでに桜は、達也に対する好意を失っていた。登壇者のスピーチを聞いているうちに、急速に冷めたのだ。ダイヤを売りつけたいだけなのは一目瞭然《いちもくりょうぜん》。自分はデート商法に引っ掛かっただけ。

しかし、不思議と怒りが湧いてこない。

詐欺まがいのやり口じゃないと商品を売れないくせに、いっぱしのデザイナー気取りのバカな男と、無駄な時間を過ごしたな、と思うだけだ。

この気持ちをひと言で表すなら、呆《あき》れ、である。

そんな桜の感情には気づきもしないのか、達也は「このあと、どこで食事しようか。何が食べたい?」などと尋ねてくる。そんな甘い言葉をかけておけば、ダイヤを買うとでも思っているのだろうか。

「んー、あんま食欲ないんだよね」

と答えながら、胸の中で本音を吐き出した。

このクズ男。

こいつから買った指輪もどうにか返品したい。すぐに石が取れてしまった欠陥商品なのだから。だけど、すでにローンの引き落としは始まっている。食事をご馳走になったのは事実なので、チャラだって考えるしかないか……。

トラットリア代官山でいろいろとアドバイスしてもらったせいか、桜は意外なほど早く諦《あきら》めの境地に達していた。

「――さあ、最上級セレブリティへの階段を上る方、どうぞこちらへ。皆様のお好みとご予算に合わせて、宝飾アドバイザーが最高の逸品をご紹介いたします」

荒野宏太が厳かに手を差し伸べた。いつの間にか長テーブルがいくつも用意され、両側に椅子がズラリと並んでいる。一方に座っているのは宝飾アドバイザーなる人々。要するに営業マンだ。桜が店舗で指輪を買った際に契約書を用意した、狡猾そうな店長の顔もある。

まさか、こんな高いダイヤの宝飾品を買う人なんて、いるわけが……。

と思った桜の前で、周囲にいた人々がテーブルに向かう。あっという間に椅子が埋まり、座れなかった人たちがその後ろに並び始めた。

マジで？　と目を見張った桜は、もっと驚く光景を目撃してしまった。

メイサが列に並んでいるのだ。

――もしかしてこれ、洗脳ってやつ？　さっきのスピーチでその気になっちゃったの？

「ほら、メイサちゃんはセレブになろうとしてる。桜ちゃんも……」

達也を無視してメイサの元に駆け寄った。

「ちょっとメイサ。なに考えてんの？　やめなよ、こんなインチキ臭い展示会で買い物するなんて」

振り向いたメイサの目は、らんらんと輝いている。

「みんなが何を買うのか見てたの。すごいよ。百万クラスがバンバン売れてる。中には一千万クラスを買う人もいるんだよ。ローン組んで」

「ねえ、マジでやめなって。メイサ、酔った勢いでおかしくなってんじゃない？」

「アタシはシラフだよ。桜ちゃんは買わないの？」

「買うわけないじゃん！　こんなの詐欺だよ！」

声を上げた桜を見て、メイサはメガネを光らせた。

「そう。桜ちゃんは詐欺だと思ったんだね。じゃあ、一緒に来て」

今度はメイサが桜の手を引き、マイクスタンドのほうに歩いていく。

「なに？　何する気なの？」

メイサは答えない。瞳をぎらつかせたまま、一目散に演壇へと向かう。

台に上がったメイサは、マイクのスイッチを入れて大声を出した。

「この場をお借りして、ここの従業員の長谷川達也さんに申し上げたいと思います」

達也？　と桜は小声を出す。

その達也は、遠くで茫然《ぼうぜん》と立ちすくんでいる。

すーっと息を吸い込んでから、メイサは叫んだ。


「このインチキ野郎！　悪徳商法のクソ詐欺師！」


会場内が騒然となったが、メイサは臆《おく》せずに早口で叫ぶ。

「長谷川達也はある女性を騙して高額商品を無理やり買わせた。結婚をちらつかせて彼女が買った途端に姿をくらました。そのせいで彼女は今も精神科に通ってる。アタシは長谷川達也を許さない！　ここにも被害者がいます！」

メイサが桜を引き寄せる。

「この子も長谷川達也にその気にさせられて、ほしくもない高い指輪を買わされたんです！」

「ちょ、ちょっと」とメイサの手を振り解《ほど》く。

「お客様、迷惑ですのでおやめください」

屈強なスーツ姿の男たち数人が、メイサと桜を取り囲んだ。ガードマンだ。口調は丁寧だけど、表情は険しく恐ろしい。壇上から二人を下ろそうとする。

しかし、メイサはマイクを握って放さない。

「その女優はカネで雇われただけの広告塔。そこに並んでるのはほとんどがサクラ。みんな騙されないで！　これは悪徳商法なんだから！　あっ！」

メイサから荒野宏太がマイクを奪い取った。

「シャンパンを飲みすぎてしまわれたお客様がいらっしゃいます。皆様、どうぞお買い物をお続けくださいさい。さあ、お客様は少し休憩されてくださいね」

気遣うようにメイサを見るが、目付きは鋭くこれまた恐ろしい。

「控室に行きましょう」とガードマンの一人に背中を押されたメイサが、「セクハラ！　詐欺！　訴えてやる！」と喚《わめ》く。

男たちが怯《ひる》んだ隙《すき》に、またメイサが大声を発した。

「長谷川達也は極悪犯罪者。絶対に許さない！」

「メイサちゃん！」と達也が駆け寄って来た。

「どうしたんだよ。メイサちゃんだって、よろこんでうちの指輪を買ってくれたじゃないか。今もつけてくれてるし」

「こんなちんけな指輪なんていらないわよ！　クーリング・オフしてやるから。あんたを告発するためにわざと客の振りしたの」

　吐き捨てるように言ったメイサを、達也が不快そうに眺めている。

「お話を伺いますから、どうかご同行ください。長谷川も同席させますので。クーリング・オフの件も承ります」

　代表者の荒野に低姿勢で懇願され、桜はメイサと共に控室へと案内されたのだった。


　狭い控室のテーブルで、桜はメイサの横で縮こまっていた。対面に、余裕の表情を浮かべた荒野と達也が座っている。

「達也って名前とアクセサリーでピンときた。あと、桜のSNSで見た手の黒子。もしかして、うちの姉を騙して精神不安にさせた男じゃないかって」

　メイサは達也を睨んでまくし立てている。

「うちの姉が二年くらい前に写真を飾ってたんだよ。手の甲に黒子がある男。その顔をアタシははっきり覚えてた。だから、どうしてもあんたの顔が見たかったんだ。それでDMを送ったら案の定勧誘してきた。店に行ったら、やっぱり写真の男だった。姉に二百万もの指輪を買わせてローン組ませて、姿をくらました男。どんな手口で女を騙すのか、客の振りして観察してやったんだ。本当は死ぬほど不愉快だったんだけどね」

想像を絶する話だった。

メイサから、同居中の姉が病弱で仕事が続かない、と聞いてはいたが、まさかその原因を作った男が達也だったとは。

桜は何度も生唾《なまつば》を飲み込んでいた。喉が無性に渇いている。

この部屋に入ってから、男たちは黙りこくったままだ。メイサの好きなように話をさせている。こんな展開になるなんて予想だにしていなかった桜は、震えそうになりながらハンドバッグを抱きしめていた。

「あんた、姉と付き合ってる振りしてた頃は長谷川って名字じゃなかったよね。何個も偽名持ってそうだもんね。姉は幸せそうに教えてくれたよ。道を訊かれて知り合ったんだけど、素敵な宝飾デザイナーで結婚するかもしれないって。あんたさ、スーツケースにアクセサリー入れてデートに来たんだってね。で、喫茶店で姉に契約書を書かせた。あんたと連絡が取れなくなった姉と一緒に店を探したら、その住所は空き地だったよ。絵に描《か》いたような詐欺だよね。あの頃からあんたたち、つるんでたんでしょ？　うまいこと稼いで店舗も出したんだね」

達也と荒野は肯定も否定もしない。冷めた目でこちらを見ている。

桜は恐ろしさで冷や汗をかいていた。メイサの話を信じるなら、この男たちは極悪犯罪者だ。いや、展示会にいた関係者全員が犯罪組織の人間ということになる。このまま無事にここを出られるのだろうか。

「――で、我々に何を要求したいんですか？」

ようやく荒野が口を開いた。いたって冷静な、よく響く声である。

「まずは、この指輪をクーリング・オフしてもらう。内容証明も昨日送ったから」

メイサはめていた指輪を外し、乱暴に置いた。

「アタシが指輪を買ったのは一週間前。買ってから八日間以内なら契約解除ができる。アポイントメントセールスだから」

「えー？　おかしいなあ」と達也が首を傾げた。

「アポイントメントセールスってのは呼び出し販売だよ。メイサちゃんは自分からうちの店に来て、この指輪を買ったんでしょ。僕にDMをくれてアクセサリーに興味があるって言ったのはメイサちゃんだ。僕が呼び出したわけじゃないでしょう。クーリング・オフの対象にはならないよ」

ふてぶてしい笑みを浮かべた達也に、メイサが鋭く言った。

「なる。だって、あんた言ったじゃない。『特別価格にできるから店に来れば』って。特別な割引を謳《うた》った営業は、アポイントメントセールスに該当するんだよ」

「それは言いがかりじゃないか。ってゆーか、メイサちゃんはわざと僕を嵌《は》めたわけだよね。それだって詐欺行為じゃ……」

「達也、そこまでにしとけ」

荒野が野太い声を出す。登壇して調子よくしゃべっていたときとは、まるで別人のように凄《すご》みがある。

「お嬢さん、よく勉強してきたようですね。消費生活センターにでも相談したのかな？」

「もちろん。姉のときもそうすればよかったって後悔してるよ。姉は今も、このクソ詐欺野郎のためにローンを払ってるんだから」

「さっきからメイサちゃん、決めつけで話してるけどさ。僕は何を言われてるのか分からないんだよね。お姉さんって誰のことだろう？」

「はあ？　今さらとぼける気？　高橋メグミ。当時看護師。覚えてるでしょっ」

「おい、達也。このお嬢さんに失礼だろう。お姉さんがお気の毒な目に遭われたんだから、何も言わずに聞いて差し上げないと」

荒野がやんわりと窘《たしな》める。まるで、メイサの姉とは一切関係ないが、同情心で付き合ってやってるとでも言わんばかりに。

「ちょっと！　なんなの他人事《ひとごと》みたいに」

いきり立つメイサに向かって、荒野は「申し訳ない」と頭を下げた。

「あなたのクーリング・オフは受理しましょう。で、お友だちのあなたも指輪を返却したいのかな？」

　いきなり荒野に尋ねられ、桜は勢いで頷いてしまった。

「買って二か月も経ってないし数回しかはめてないのに、石が外れたんです。欠陥商品だから達也さんに預けました。修理しなくていいからお金を返してください」

　強く達也を睨む。彼は上目遣いで言った。

「桜ちゃん、ヒドいよ。あんなに楽しかったのに。二人で食事に行って、酒を飲んで。今夜もそうする約束だったじゃないか」

　要するに、これまで自分が払った桜の分の飲食代について、ほのめかしているのだろう。

「それと指輪の話は関係ないでしょ。もう二度と食事になんか行かないし」

　冷たく言い切った桜を、達也が苦々しい表情で見る。

　ああ、なんでこんな男に好意を持っちゃったんだろ。あたしってホントばか。

「なるほど、欠陥があったのなら仕方がない。達也も誤解させるような態度を取ってしまったようだし、あなたもクーリング・オフの手続きをすればいい。受理しますから」

「はあ……」

　物分かりが良すぎて、逆に気味が悪い。

「ということで。我々は会場に戻らないと」

　荒野が腰を上げ、達也がそれに続こうとしたとき、メイサが金切り声を上げた。

「それだけじゃ気が済まない。姉に謝罪して！　ちゃんと本人に謝ってよ！」

ギロリ、と荒野がメイサに視線を向けた。

「いい加減にしてくれないか。譲歩してやってるのに」

これまでで一番、凄みを利かせた声だ。

「さっきから詐欺だのサクラだの、憶測だけで騒ぎやがって営業妨害も甚《はなは》だしい。これ以上邪魔するなら訴えますよ。損害賠償の請求、されたくないでしょう？　女優まで広告塔呼ばわりしたんだから、名誉《めいよ》棄損《きそん》で事務所に騒がれますよ」

「そうだよメイサちゃん。大変な額の賠償金になっちゃうよ。桜ちゃん連れて出てったほうがいい」

なぜか立場が逆転している。メイサ、というか彼女の姉に賠償金を払うべきなのは、達也のほうではないか。

呆気《あっけ》にとられた桜の横で、メイサが黒いバッグを抱えて立ち上がった。

「分かりました。それは脅迫ですね。もう結構です」

その途端、荒野が「おい」とドアの外に向かって叫んだ。紺のスーツ姿の女性たちが足音を立てて入ってきた。一人は金属探知機を手にしている。

桜は犯罪集団の用意周到さに、身震いがした。

「お帰りになる前に身体検査だ」

荒野の指示で、桜とメイサは女性陣に取り押さえられた。

「ちょっと何すんのよっ！」

探知機が鳴り、メイサのバッグとポケットから、スマホとICレコーダーが没収された。

桜のバッグに入れてあったスマホも。

「このクソ野郎！　絶対に許さない！」

両腕をとらえられたメイサが喚き散らす中、女たちがメイサのスマホとレコーダーをチェックする。

「やはりレコーダーで録音してました。スマホは起動してません」

メイサが録音していたらしきレコーダーの音声データは、女たちの手で消去されてしまった。最低、と叫んでメイサが涙ぐむ。

彼女が決死の覚悟で潜入したのは、犯罪集団を訴える証拠を入手するためだったのだろう。

「残念でしたね。こういうときのボディチェックは、うちのセオリーですから」

いかにも愉快そうに荒野が笑う。達也もニヤついている。

「ちゃんとクーリング・オフは受理しますから、それで手打ちにしましょうよ。裁判沙汰《ざた》になると面倒ですよ。あなた方にも不利な点があるんだから。営業妨害やら悪質なクレームやらね。こちらは、ご購入の際のやり取りを防犯カメラで記録してあるんです。お二人とも、ご自身の意思で契約されていたはずですよ」

「そうそう。桜ちゃんもメイサちゃんも、僕の前でよろこんで契約してたよね。急に気が変わったお客さんの返品を認め続けてたら、世の中の販売店は全部潰《つぶ》れちゃうでしょ」

二人の魂胆が読めた。これ以上、こちらが騒がないようにクーリング・オフを承諾し、脅しの証拠となる会話の録音を消した上で、訴訟に持ち込ませないように言い包《くる》めているのだ。

こんなやつら、死ねばいいのに！　と桜は胸中で叫んだ。

「悔しい……」とメイサが涙を流す。

姉の復讐《ふくしゅう》のために心血を注いだであろうメイサの努力は、あっけなく水の泡と化してしまった……。

と思ったその瞬間――。

「こっちのスマホは通話中です！」

別の女が大声で報告した。

「なに？」

荒野の顔色が変わった。それは桜のスマホだ。

「いつから通話してるんだ？　録音は？」

「――およそ一時間前から。録音はされてないようです」

女がスマホを荒野に渡す。

「名前がない。相手は誰だ」と荒野が桜に迫り寄る。

「さあ、名前がないから分かりません」

「ふざけるな！」

「じゃあ、相手が誰なのか、あなたが話してみれば？」

両手を押さえられたまま、桜は荒野を睨みつける。

荒野がスマホを耳に当てようとした瞬間、「もしもし？　聞こえますか？」と男性の声がした。スピーカーモードになっていたからだ。

「だ、誰だ」

「名乗るほどの者じゃないです。でも、皆さんの会話はずっと聞いてましたし、こっちで録音もしてあります。そちらの場所は桜さんから聞いていたので、さっき別の電話で警察に通報しました。では」

「おい！　お前！」

通話の切れたスマホを握りしめ、荒野が歯ぎしりをする。

達也は青ざめたまま立ちすくんでいる。

「会場に戻るぞ」

荒野が投げたスマホを、自由の身になった桜は床すれすれでキャッチした。

「ホント最低。地獄に堕《お》ちろ！」と男たちの背中に暴言を投げる。

犯罪集団のメンバーたちは、あわただしく部屋から出ていった。これからどうするつもりなのか間近で見てみたい気もするが、とりあえずこの場から脱出したい。

「桜ちゃん、今の電話の相手、誰だったの？」

二人きりになった室内で、晴れ晴れとした顔のメイサが尋ねてくる。

どう答えようか迷った末に、こう告げた。

「代官山のヒーローたち。今度紹介するね」

桜は不思議そうな顔をするメイサに、今日初めての心からの笑みを見せた。


それから数週間後。

桜とメイサは報告を兼ねて、仕事終わりにトラットリア代官山を訪れていた。

すでに閉店間近だったため、他に客の姿はない。

「ニュースで見たよ。あのジュエリーショップ、特定商取引法違反で摘発されたんだな。余罪もまだありそうだし、広告塔だった女優も叩かれてる。こんな大ごとになるとはなあ。桜ちゃんたちも、いろいろ大変だったな」

その場には工藤もいた。桜がお礼を言いたいと連絡したからだ。

「ホント大変でした。警察でいろいろ説明して、クーリング・オフの手続きもめっちゃ面倒で。ＳＮＳも楽しくなくなってきちゃいました。達也を思い出して不愉快になるんですよね。ピンクのシャンパンもしばらく見たくないし」

「桜ちゃん、カヴァの白ならいいだろ？　このさわやかでクリアな泡。一緒に飲もうよ」

桜は小さくほほ笑んだ。

「工藤さんとならよろこんで」

「おっと、うれしいこと言ってくれるねえ」

桜は、カヴァの入ったフルートグラスを、工藤のそれと重ね合わせる。

「薫さんも怜さんも飲んでくださいね。あたしとメイサにご馳走させてください」

「ありがとうございます」

「僕もいただいてますよ」

薫と怜がカウンターの中からグラスを掲げた。

「お陰様で、一番の目的が果たせました。皆さんのお陰です」

メイサが頭を下げる。もう何度目の礼か分からない。

「メイサさん、お姉さんのためだけじゃなくて、これから被害に遭うかもしれない方々のために頑張ろうとしてたんですね。すごい勇気。なかなかできることじゃないですよ」

薫は先ほどから感心しきりだ。

「あの男に謝ってもらったところで、姉の傷は簡単には癒《い》えなかったと思うんです。でも、組織ごと摘発されたと知ったら、少し元気が出たみたい。思い切って潜入した甲斐《かい》がありました。姉には無茶するなって叱《しか》られましたけど」

「いい妹さんですねえ。勇敢で思いやりがあって」

　怜が目の横にやさし気なシワを作る。

　そんな彼を、メイサがじっと見つめた。

「怜さんがずっと会話を録音しててくれたから、警察が動いてくれたんです。まさか桜がスマホをずっと通話にしてたなんて、思いもしませんでした」

「そうそう。怜さんが前日に言ってくれたの。会場に入ったら自分に電話をしてほしい。それを保険として録音しておくからって。だから一度トイレに行って、それからずっと通話にしてあったんだ。ね、怜さん」

　桜に話を振られて、やや照れくさそうに怜が口を開く。

「いや、もしデート商法の展示会だったら、無理やり商品を売りつけられて、トラブルになる可能性があると思ったんです。その場合、会話を録音しておけばあとで有利になる。ただ、桜さんはレコーダーを持ってないし、スマホにも録音アプリが入ってなかった。だから、僕に電話してもらって録音したんです」

「でも、録音だけなら動画録画でもできたんじゃない？」とメイサに指摘され、桜が「それだけじゃなかったんだよ」と話を引き取った。

「相手が脅してきたら、録音してないか調べるかもしれない。だから怜さんは、調べられても消去できないようにしてくれたの。あと、こっちの会話を聞いてさえいれば、いざとなったら助けにも行けるからって。確かにいい考えだなと思ってお願いしたんだけど、本当にスマホを取り上げられるなんて予想してなかったから、マジでビビったよ」

「それはアタシのせい。桜ちゃんまで巻き込んじゃって、ホントごめん」

「メイサ、もういいって。いい経験になったから。あ、そういえば、あのとき通報してくれたのも怜さんだったんですよね？」

「いや」と怜は首を左右に振った。

「薫さんと仕込みをしながら、スピーカーで会場のやり取りを聞いてたんですけどね。そこに工藤さんが来て……」

「メイサちゃんがお姉さんの話をした辺りから、これはヤバいなと思ってさ。俺が出ていくよりも警察に任せたほうがいいと思ったんだ。で、すぐ通報」と、工藤が親指と小指を立てて電話をかける仕草をする。

「お二人ともご無事で、本当によかった」

フルートグラスを手にした薫が、ふわりと微笑した。

やっぱり、この人たちはヒーローだなと、桜は改めて認識していた。

「ところで皆さん、夜食を召し上がりませんか？　実は金糸瓜がまだあって……」

怜の言葉に、桜は身を乗り出した。

「金糸瓜！　そうめんカボチャ！　食べたいです！」

「よかった。それで軽いひと品を作ろうかと思って。秋の金糸瓜そうめん」

「へえ、イタリアンっぽくないメニューですね」

面白がるメイサに、桜は誇らしげに説明した。

「ここはね、野菜をふんだんに使った和風のイタリアンなの。金糸瓜って茹でるとそうめんみたいに細くなるカボチャなんだけどさ、このあいだはそれが入ったカルボナーラを出してくれたんだ。それが絶品でさあ」

桜はすでに、この店の常連気分だった。まだ食事は一度しかしていないのだが。

「怜くんは割烹《かっぽう》にもいたから、和食も得意なんだよ。金糸瓜のそうめんなんて、まさに割烹で出てきそうだよな」

興味深そうな工藤に、怜は「完全に和食ですね。ちょっと待っててください。すぐにできますから」と答え、厨房で仕度を始めた。薫が調理のサポートにつく。

「ねえ、工藤さん」と桜が声を潜《ひそ》める。

「なんだい桜ちゃん」

「薫さんと怜さんって、ご夫婦なんですか？　名字は違うけど」

それは、桜がずっと訊いてみたかった質問だった。

「違うよ」

「じゃあ、付き合ってるとか？」

「それもないいんじゃないかなあ。よく分かんないけど」

工藤がグラスのカヴァを飲み干す。

「でも、すごくお似合いですよね、あのお二人」

メイサも会話に参加してきた。

「まあな。実はさ、俺もいい組み合わせだなーとは思ってるんだけどね。そういうのは周りがどうこうするもんじゃないから」

「そうですね」

余計な詮索《せんさく》をしてしまった気がして、桜は「すみません、カヴァのお代わりください。工藤さんとあたしに」と薫に大声で頼み、今の話題を終わらせた。

「はい。お注《つ》ぎしますね」

薫がボトルを手にやってくる。

整った顔立ち、長身で長い足。穏やかな物腰。スーツのせいで男っぽく見えるだけで、絶対いい女だと思う。怜さんはアイドル風のイケメンで切れ者だし、お似合いのカップルになりそうなんだけどな。

……ふいに雑念がよぎった。

もしも怜さんがフリーなら、がんばっちゃおうかな、あたし。

「ねえ、桜ちゃん。もしかしてアタシたち今、同じこと考えてたかもよ」

「え？　まさかメイサも怜さんを？」

「ふふふ」

意味深にメイサが笑う。黒縁メガネでファニー風を装っているが、顔立ちはかなり愛らしい。強力なライバルになってしまうかもしれない。

「なんだよ二人とも。怜くん狙《ねら》おうとしてんの？　あのさあ、俺だって独身なんだよ。昔はイケてるサーファー特集で、男性ファッション誌に載ったりしたんだから。よかったら今度、一緒にドライブしようよ」

いいですねえ、とメイサと笑い合う。

相手にされてないな、と工藤がため息を吐《つ》く。

「……まあ、男は当分いらないかな。それよりも仕事がんばりたい」

「そうだね。あたしもメイサと同じかもしれない」

しばらくは独りでがんばって、もっと視野を広げて、人を見る目を養いたい。

もう二度と、達也のようなクズ男とは関《かか》わらないように。

「お待たせしました」

ほどなく、怜がそれぞれの前に小さなガラス製の深皿を置いた。

「お箸《はし》で食べてくださいね」

柚子《ゆず》が微かに香る冷たい出汁《だし》の中に、黄金色のそうめんカボチャがたっぷりと入っている。その上に載っているのは、鮮やかなオレンジ色の生ウニと松茸《まつたけ》の薄切り。アクセントの緑は芽ネギだ。

「わー、キレイ。柚子と松茸のいい香り」

真っ先に皿を取って鼻に近寄せたのは桜だ。早速、その皿が美しく撮れそうな場所に置き、スマホを構える。

「いいねえ、清涼感もあって秋らしさもある。やっぱ日本酒に合いそうだなあ」

工藤がしみじみと言った。

「これ、カボチャなんですか？　ホントにそうめんみたい」

メイサは不思議そうに料理を見ている。

「ええ。そうめん状にしたものに片栗粉をたっぷりまぶして、さっと茹でて冷やしたんです。金糸瓜って味が淡白だから、食感を楽しむツマのような使われ方が多いんですけどね。こうするとツルリとした喉ごしになって、それこそそうめんに近くなるんですよ」

「うん、確かにそうめんっぽい喉ごしだ。けど、噛むとシャリシャリしてて野菜なんだよな。いやー、これは面白い」

ひと足早く皿に手をつけた工藤が、しきりに感心している。

「ウニと松茸。もう最高なんですけど。カボチャの麵もいい味ですね」

メイサもしきりに箸を動かしている。

いつものように料理写真を撮っていた桜は、その写真をSNSに投稿しようかと思っていたのだが……。

「やーめた。SNSなんてやってたら、お料理の鮮度が下がっちゃう。いただきます。

——うん、美味しい！　見た目は岩手の卵麵に似てるけど、めっちゃさっぱりしてる。これならカロリー気にしないでいいから夜食にぴったりですね」

そんな桜の様子を見ていた薫が、そっとつぶやいた。

「Batti il ferro quando è caldo.」

「おっと、出ました薫ちゃんのイタリア語録。なんて意味？」

工藤に尋ねられ、彼女は「〝鉄は熱いうちに打て〟。日本にも同じことわざがありますね」と答える。

すぐさま、桜は薫が何を言わんとしているのか理解した。

「タイミングは外すなってことですよね。あたし、今まで食べる前に写真撮って、SNSにあげるのがクセになってたんです。でも、作ってくださった方に失礼ですよね。やっと気づきました」

少しだけ小首を傾げた薫が、無言でほほ笑んでいる。

「いいねえ桜ちゃん。やっぱ料理は作り立てが一番だよなって、俺も思う」

「工藤さん、あたしもこれからは気をつけます」

卵麵に似たそうめんカボチャ。高級感もあってめっちゃ美味しい。

でも……。

桜は、実家の味が無性に懐かしくなっていた。

薬味はネギとミョウガだけの、簡素な卵麵。そういえば、しばらく実家に帰っていない。

次の休みに帰って、家族で卵麵を食べようか。

――ふいに目頭が熱くなった。

「どうした桜ちゃん。目が赤いよ」

工藤が心配そうに見ている。

「あたし、気張りすぎてたのかもしれません。もっと都会に馴染みたくて」

「アタシも。なんか疲れちゃった」

メイサもしんみりとつぶやく。

「あんなことがあったんだ。心労がないほうがおかしいさ。まあ、疲れたらここにおいでよ。美味しい料理と酒は明日への活力になるから。それに、この店はパワースポットだって、俺は思ってんだ。先代だった薫ちゃんの親父《おやじ》さんが、しっかりと護《まも》ってるような気がしてさ」

ニンマリとした工藤。薫も怜も穏やかに桜たちを見守っている。

「……薫さん。あたし、たくさんご迷惑をかけちゃいました。あたしは自分が思ってるより、ずっと子どもでした。もっと大人になれるように努力します。だから……またここに来てもいいですか？」

おずおずと言った桜に、薫は端正な笑顔を桜に向けた。

「もちろん。桜さんはもう、うちの常連様ですから」

「そうですよ。でも、予約は早めに入れてくださいね。意外と早く埋まっちゃうんで。メイサさんもまた来てください」

怜もやんわりと口角を上げる。

「ありがとうございます！」

桜とメイサの声が重なった。


敷居が高い街だと思っていたけど、意外と人情味のある代官山。

その街の隠れ家的レストラン、トラットリア代官山の常連客。

それは、本当は好きでもなかった男との食事画像を、ＳＮＳに投稿し続ける似非《えせ》セレブよりも、よっぽど誇れる肩書だと桜は思った。

Intermezzo Tre

（幕間３）


眠りから覚めて、大きな伸びをした。

朝、とは言っても夜は仕込みなどで遅くなるので、平均的な社会人の起きる時間よりはだいぶ遅い。

リビングに歩み寄って窓を開けると、柔らかな陽射《ひざ》しが差し込んできた。金木犀《きんもくせい》の香りが混ざった風が舞い込んでくる。深呼吸をして深まる秋の気配を楽しんだ。

今日も、代官山の一日が始まる。

身支度を整えてキッチンに向かい、朝食を用意する。タイマーセットをしていたため、ご飯は炊きあがっている。あとは二人分の味噌汁《みそしる》とおかずを用意するだけだ。

十分も経たないうちに、料理とは呼べないほど簡単なおかずがダイニングテーブルに並んだ。

『おはよう。用意できたよ』

二階に住む怜をメールで呼ぶ。

実は、朝だけは薫が怜の分まで料理を作っていた。このメールは目覚まし時計の役割も果たしている。メールの音で目を覚ました怜は、急いで仕度をして薫の部屋に上がってくるはずだ。

薫の暮らす三階と怜に貸している二階は、間取りがほぼ同じだった。どちらも賃貸として人に貸せるようにと、バス・トイレ付きの２ＬＤＫに父がしておいてくれたのだ。ちなみに、工藤に貸している一階のブティックと地下のトラットリア代官山は、住居スペースよりも広い作りになっている。

経済観念のしっかりしていた父のお陰で、薫は今の生活を続けていられるのだ。家族想《おも》いだった父に報いるためにも、店を大事にしていきたいと思っていた。

――間もなくドアを叩く音がし、「おはようございます」と、まだ眠たそうな顔の怜が現れた。

いつも通り、玄関で九十度のお辞儀をしてから、室内用のスリッパに履き替える。シンプルなトレーナーにジーンズ。コックコート姿よりもずっと若々しく感じる。

「あ、今朝はお揚げさんの味噌汁ですね。それに、アジの干物と大根の糠漬《ぬかづ》け。あと……軽く炙《あぶ》ったタラコ。どうですか？」

「惜しい。炙ったのは明太子。それ以外は当たり」

「また外しちゃったかあ」

玄関先で香りを嗅《か》ぎ、朝食の内容を当てるのが怜の日課だが、まだ百パーセントの正解を出したことはない。

「失礼します」

ダイニングに直行し、テーブルに座った怜の前に、炊き立てのご飯をよそった茶碗《ちゃわん》と、油揚げの味噌汁を入れた椀《わん》を置く。自分の分も。

「いただきます」

二人で手を合わせてから、食事を始めた。

「ご飯と味噌汁。やっぱ朝はこれですよね。薫さんの味噌汁、本当に美味しいです」

「怜とは勝負にすらならないけどね」

基本的に、怜は褒め上手だ。何を用意しても美味しそうに食べてくれる。形の崩れた卵焼きも、塩気が強すぎた炒め物も。

「あれ？」と怜が大根の糠漬けを摘まみ上げた。雑に切ってしまったらしい糠漬けが、五切れほどつながって垂れている。

「ごめん。ちゃんと切れてなかった。すぐ切り直すから」

急いで怜の皿に手を伸ばしたら、「いいですよ」と目の横にシワを寄せる。

怜が繋《つな》がったままの糠漬けをポリポリと齧《かじ》り、ウマ、とつぶやく。

「ホントごめん……」

やっぱり、自分は女子力のパラメーターが低い、と再認識する。

「いやいや、こういうのってマジでありがたいです。僕、養護施設育ちだから、ホームドラマみたいな食卓シーンに憧れがあって。このお茶目な切り方が家庭的でいいんですよ。明太子も中がレアで最高」

いかにも美味しそうに食事をする。

幼い頃、京都でお茶屋を経営していた父親が莫大《ばくだい》な借金を抱え、家族が離散してしまったという怜。その話を聞いていたから、薫は二階に彼を住まわせ、朝だけは食事を提供することにしたのだった。

いつも目一杯よろこんでくれる怜と共にする食事は、薫の家事力を少なからずキープしてくれている。もしも一人きりだったら、バナナと牛乳だけで済ませているかもしれない。

美味しい食事はもちろん好きだが、自分で作るのはそれほど得意ではなかった。得意なのは料理に合わせるワイン選び。アルコール耐性が強いので、どれだけ飲んでも意識を保っていられる。特に大好きなシェリー酒なら、何杯でも飲んでいたい。

逆に、怜はそれほど酒が強くなかった。彼もシェリーが好きなのだが、ある程度飲むとご機嫌になって、すぐに眠ってしまう。飲み相手としては、自分以上に酒が強かった真守のほうが……。

「薫さん、手が止まってますよ」

「ああ、ちょっと考え事してた」

——最低だ。誰かと誰かを比較するなんて。

即座に自分を叱咤《しった》し、箸を動かし始める。

そんな薫を、怜が静かに見つめている。

「なに？　なんかついてる？」

「いえ、お代わりしてもいいかな、って」

「いいよ、もちろん」

差し出された茶碗を受け取り、テーブル上の炊飯器からご飯をよそう。

「はい、どうぞ」

「ありがとうございます。なんか、家族っぽいですよね、僕たち」

「そうだね。怜は弟みたい」

わざと、弟、と強調した。

実は、このあいだ言われたことが気になっているのだ。


——真守さんのこと、まだ忘れられないですか？


あれ以来、怜は何も言わないし、態度も以前と変わらない。

だから自分も、何も聞かなかったことにしようとしている。このまま大きな変化や波風などが立たない生活を、薫は切望していた。

「あー、薫さん、顔にご飯粒、ついてますよ」

「え？　どこ？」

「ここ」と、怜が自分の顎《あご》を指差す。

あわてて顎を触るが、特に異物がついている感覚はしない。

「どれ？　分かんない」

「なんて嘘です」

怜が柔らかく目を細めた。笑いジワが現れる。

「あのさ、そういう冗談やめてくれる？」

ややむくれた薫を怜がうれしそうに見つめ、「すみません」と謝った。

本当にやめてもらいたい。怜には少し、いたずらっ子のようなところがある。本当に甘えん坊の弟のようだ。

「で、今度仕入れる葉山《はやま》牛なんですけどね」

急に怜が仕事モードになった。

薫も箸を置いて背筋を伸ばす。

「メインとして、〝葉山牛の部位の食べ比べ〟をやってみたいんです。小ポーションのロース、ヒレ、ハラミ、レバーを炭火焼にしてお出しする。さっぱりとしたバルサミコソースと濃厚なパルミジャーノソース、二種類を用意してお好みで食べていただく。どうですか？」

「私だったら塩で食べたいかな。ワサビ塩か抹茶塩」

「なるほど。なら、ワサビ塩と梅塩も添えましょう。彩りも美しくなる。それから、蜂《はち》の巣《す》入りのハチミツが入ったんで、それをマスカルポーネと合わせたデザートを用意しようかと思ってて」

「いいね。そこにココアパウダーをちょっとだけまぶして、ミントの葉を添えたらどう？」

「うん、ありですね」

「蜂の巣か。養殖の巣ってヌガーみたいな食感なんだよね。柔らかくて粘りがあって。そのデザート、アロマティックな甘いワインが合いそう。トスカーナのヴィンサントとか」

「いいと思います。薫さんお気に入りのシェリー酒・ミディアムとも合いそうです。あとで味見してみてください」

「分かった。あと、野菜なんだけどね、次は鎌倉《かまくら》野菜も取り入れてみたらどうかなと思ってて……」

しばらく打ち合わせを続けた。朝食を兼ねたこのミーティングが、二人の恒例行事なのである。

「――じゃあ、そういう感じで。今日もよろしくね」

「はい、ご馳走さまでした。今朝も美味しかったです」

「お粗末さまでした」

いつもと変わらないやり取り。一日の始まりを意識するひととき。

いつもと同じように食器を片付けようとした薫を、怜がひたと見据えた。

「あの、僕、ちょっと考えたんですけど」

「なに？」

「明日から、朝食は大丈夫です。いつまでも薫さんに用意してもらうの悪いんで。これからは自分で適当にやります」

「え？　でも……」

「本当にいいです。このままだと薫さんに起こしてもらうのが当たり前すぎて、自力で起きられなくなるかもしれないから。今までありがとうございました。ミーティングは各自の食事後、店でやりましょう」

お辞儀をした怜が、食器をキッチンに運ぶ。その後ろ姿を見ながら、薫は自分が軽くショックを受けていることに気づいた。

もしや怜も何らかの変化を感じて、自分と距離をおこうとしているのではないか？　いや、彼には朝食を共にしたい人が別にいるのかもしれない。

でも、確かめるすべなどありはしない。本当はなんで？　などと聞いたところで、何も答えなど返ってこないだろう。とにかく、日課になっていた朝食ミーティングを、怜が断ってきたことだけは事実なのだ。

いろんな想いが瞬時に駆け巡ったが、口から出たのは無感情だと思われてしまいそうな言葉だけだった。

「分かった。もう朝のメールはしないから」

その瞬間、怜の瞳に寂しそうな色が浮かんだ気がしたが、彼は「はい」とだけ返事をし、「さーて、今夜の準備を始めなきゃ。下に行ってますね」と明るく告げてから部屋を出ていった。

本当にいいの？　遠慮なんてしないで、これからも私と一緒に朝食を……。

そう言うために追いかけたい気持ちも少しだけあったが、怜の判断に任せようと思い留《とど》まる。

明日からは独りでバナナと牛乳かな……。

ぼんやりと窓の外を眺める。偶然にも、バナナのような形の雲が浮かんでいた。

しばらく独りきりで、簡素な朝食を取った。

さすがにバナナだけで過ごすわけにはいかず、お米を炊いたのだが、間違えて多く炊きすぎてしまい、おにぎりと味噌汁の日が何日も続いてしまった。

怜とはこれまで通り、朝食後にメニューや仕入れについて相談し、料理の仕込みをして店内のセッティングを整え、二人でゲストを迎えていた。

何も変わっていない。怜がこの部屋で朝食を取らなくなった以外は。

それから、仕事後に二人でゆっくり飲んだりすることもなくなった。

怜は私用で忙しくなったらしく、仕事が終わるとすぐに私服に着替えて出かけていき、夜更けまで帰ってこない日々が続いているようだ。

……やっぱり恋人でもできたのかな。今までは料理オタクなところがあったけど、その気になればモテそうだから。

薫にとって、実の弟のような存在だった怜。

よかった、と思うと同時に、なぜかほんの数ミリの寂しさも感じていた。

Quattro
（4）

甘美なるシェリー酒
～女支配人・大須薫の物語～

今は秋。秋は紅葉。

春は枝垂桜《しだれざくら》。夏は紫陽花《あじさい》。冬は寒椿《かんつばき》——。

四季折々の自然美が愛《め》でられるこの場所が、薫は昔から大好きだった。

代官山駅からほど近い〝旧朝倉《あさくら》家住宅〟。ここは大正時代の和風建設ならではの趣が、そのまま遺《のこ》る文化遺産。大正ロマンに満ちた建物や庭園が一般公開されており、都心だとは思えないほどの静寂な空気に包まれている。

敷地内のいたるところにイロハモミジが植えてあり、紅《あか》く色づいた葉が深まる秋の気配を克明に物語る。大都会でありながら、今の時期には紅葉狩《もみじが》りを楽しむことができる貴重なスポットのひとつだ。

夕暮れが迫る中、住宅の縁側からただひたすら庭園を眺めるひととき。

何も考えず、何事にもとらわれず、頭の中を空っぽにして佇《たたず》む。

家のすぐ近所にこんな場所があることに感謝しながら、無になれる時間をしばし味わう。

この敷地のすぐ裏には、飲食店やオフィスなどが密集するスタイリッシュな複合施設、〝ヒルサイドテラス〟が軒を連ねている。有名建築家がデザインした淡いベージュを基調とする建物群は、美しさと機能性を兼ね備え、連日多くの人々で賑《にぎ》わっていた。

そんなヒルサイドテラスが現代の令和で、旧朝倉家住宅は大正。時代を超えた空間が隣り合わせている代官山。しかも、古《いにしえ》よりそこに存在する小さな古墳もあれば、人気ＤＪが連夜プレイするクラブもある。まさに、新旧の文化が入り混じる都内の異空間だ。

薫は、混沌《こんとん》としながらも品を失わない故郷の街を、こよなく愛し続けている。

――願わくば、その一角で密《ひそ》やかに営業するトラットリア代官山が、いつまでも長く続きますように――。

今日も独りで旧朝倉家住宅の庭園を眺め、ささやかな祈りを天に捧《ささ》げてから、店に戻って開店準備に取りかかった。

その日の晩。

いつものように満席状態だった店内で、ちょっとした異変が起きた。

初めて訪れた男性一人客が、メイン料理に難癖をつけてきたのである。

「薫ちゃん、あそこにいるの、最近勢いづいてるＩＴ企業の社長だよ。三原俊太《みはらしゅんた》。横暴で酒癖が悪いらしい。気をつけてな」

ヒソヒソ声で事前に教えてくれたのは、カウンターの隅っこのお気に入り席で、娘のルカと食事をしていた工藤徹だった。ルカの横にはネイリストの片桐桜が座っている。デート商法事件以来、桜は頻繁に来店するようになっていた。

「ずっとケータイいじりながら早食いしてる。いかにもだわね」

「すごい酔ってそうですよね。ワインのペースがめっちゃ速い」

ルカと桜も眉《まゆ》を顰《ひそ》める。

まだ三十代半ばくらいの三原は、すでにボトル二本以上分のワインを飲んでいた。ファストブランドのTシャツとジーンズにジャケット。足元のハイブランドのモカシンだけが、IT長者らしいといえばらしい。

ルカが言った通り、来たときからずっと手元のスマホをいじり続け、味わう様子などなくワインを喉《のど》に流し込み、片手でさくっと料理を平らげていた。

ときおり、「使えねえな」「おせーんだよ」「もう切るぞコイツ」などと、スマホでやり取りをしているらしき相手への不満をつぶやいている。

正直なところ、居てほしくないタイプのゲストだった。

「なあ、ちょっと」

いきなり三原が薫を呼ぶ。

はい、と応対しつつ、嫌な予感で身体《からだ》が強張《こわば》った。

「葉山牛のレバー、中が生だったんだよ。生レバーは食品衛生法で禁止されてるのに、どういうことだよ」

それは怜が考案したメイン料理、〝葉山牛の炭火焼・四種の部位の食べ比べ〟だった。

ロース、ヒレ、ハラミ、レバーの四種だ。三原は、レバー以外はすべて食べ終えている。

「少々お待ちくださいませ」

調理に集中していた怜を呼ぶ。

彼は落ち着き払った様子で三原に説明した。

「こちらのレバーは低温調理でレアのような状態になっておりまして、その表面だけ炭火であぶってあるんです。生ではないのでご安心ください」

「ご安心くださいか？」

三原が目を剝《む》いた。

「安心できるかよ！　そもそもオレはレバーが好きじゃないんだよ」

「それは大変失礼いたしました」

カウンターから出た薫が、三原の横について応対に入った。怜に視線を送って厨房《ちゅうぼう》に戻す。

「お苦手な食材については事前にご確認したと思ったのですが、手違いがあったのかもしれません」

「食べて思い出したんだよ、レバーが苦手だったってこと。しかも生なんてあり得ないから」

「申し訳ありません。ただ、先ほどもシェフが申しましたが、こちらは低温調理で……」

「それは聞いたよ！　生っぽく感じただけでも気分が悪いんだよ。あー、言い訳されると白けるわー」

「本当に申し訳ございません」

薫はなすすべもなく頭を下げ続ける。店内のすべての視線が、三原に注がれている。他の客はほぼ顔馴染《かおなじ》みばかり。不快な気分で食事をさせるわけにはいかない。ここはなんとしてでも、穏便に済まさねばならない。

だが、「料理は選べねーし酒の種類も少ねえし。この店、長くもたないんじゃねえの？」と、三原は文句を吐き出す口を閉じようとしない。

「それでは、別のお料理に替えさせていただきます」

「いらねえよ。食欲が失《う》せたわ」

「かしこまりました。では、メインのお代は差し引かせていただきますので」

「カネの問題じゃねえんだよ。カネなんていくらでも払うわ。あんた、オレのことバカにしてんの？　安い服着てるから？」

「いえ、そのようなことは決して」

「いや、バカにしたとしか思えない」

「申し訳ございません」

何を言われても、ひたすら薫は謝り続けていた。

「それにさあ、あんた女だろ？　なんでそんな格好してるんだよ。男装女子ってか？　それが流行《はや》りだとでも思ってんのかよ。ならコスプレバーにでもすればいいじゃん。とうが立った男装女子なんて、誰《だれ》も興味ねえと思うけど」

　ガタン、と音がした。

　カウンターの中から怜が出てきたのだ。

「お客様、お口に合わない料理をお作りした自分のせいです。どうかここはお引き取り下さい。お代は本当に結構ですので」

　低姿勢で言いながらも、眼光は鋭い。よほど頭に来ているようだ。

「だからカネの問題じゃねえんだって言ってんだろ！　あんたもさあ、別の店で修業し直すべきなんじゃないの？　こんな未来のなさそうな店に居ないでさ」

「いえ、ここは自分にとって最高の店ですから」

　落ち着いた口調だが、握りしめた両の拳《こぶし》が震えている。

　その腕にそっと手を置き、「厨房に戻って」と小声で伝えた。悔しいだろうけど我慢して、と心の中で付け加えて。

「お客様、どうすればご納得いただけるのでしょうか？」

　やんわりと尋ねたが、三原は「納得させるのはそっちの仕事だろ。オレに訊《き》くなよ」と減らず口を叩《たた》く。

酔った客の暴言には慣れているはずの薫も、いい加減うんざりしていた。なだめようとすればするほど調子づいていくようなので、手の打ちようがなかった。どうにかこの客を追い出せないだろうか——。

「黙ってねえでなんとか言いなよ、オトコオンナの支配人さん」

口元を厳しく結んだ薫に、再び三原が悪態をつく。

「コジャレた店を気取ってるようだけど、なんか安っぽいよな。誰が考えた内装だか知らねえけど、お里が知れるわ」

——ああ、もう限界だ。

何を言われても傷つくまい、嵐《あらし》が通り過ぎるのを静かに待つのだと、自分に言い聞かせ続けてきた。

だが、父が作った店を侮辱されるのだけは、どうしても許せない。

薫は右腕をすっと上げ、人差し指で入り口を示した。

そして、あくまでも静かだが、女支配人としての威厳を込めて言い放った。

「気に入らないなら出ていきなさい。今すぐ。もう二度と来ないで」

三原は唖然《あぜん》とした表情をしている。

冷たく燃える青い炎のような眼差《まなざ》しを、薫は三原から決して外さずにいた。

「おい、客に向かって……」

するとゲストの一人が叫んだ。

「出ていけ！　セクハラのクレーマー！」

桜だった。隣の工藤とルカと一緒に立ち上がっている。

「今のやり取り、録画しておいたからね」と、桜が勢いよくスマホをかざす。

「なんだオマエ？」

ギロリと三原が桜を見る。

「名乗るほどのもんじゃないけどさ、悪事の証拠を残すのは得意なの。スマホを取り上げて消し去りたい？　やってみれば？　あたしに触れたら暴行罪だからね」

「はあ？　何言ってんだか。だったらうちの弁護士とやり合ってみるか？」

小ばかにしたように三原が言った直後、「わたしも録音したから」とルカが言った。小型のＩＣレコーダーを手にしている。

「レコーダーはいつも持ってるんです。ネット媒体の仕事してるんで。ウェブニュースを発信するのも得意なんですよ。ＩＴ長者の三原俊太さん」

映画サイトの編集者であるルカが告げた途端、三原が口をつぐんだ。まさか、ウェブ媒体の人間がいるとは思わなかったのだろう。

自分の暴言が世に出回ればどうなるのか、もちろん分かっているはずだ。

「なんか気に入らないことがあったのかもしれないけど、店にイチャモンつけてるだけじゃないですか。どう考えても」

別のゲストが発言した。

桜と工藤の対面のカウンターにいた、サンドイッチカフェの経営者・永野鈴音だ。隣には、共同経営者だという女性が座っている。

「ここはね、アナタのようなお忙しい方が来るような店じゃないんです。料理を味わう暇もないようだから、片手間で食べられるサンドイッチにするといいんじゃないかな。サンドイッチの美味《おい》しいお店、紹介しますよ」

すかさず鈴音の共同経営者が、「中目黒にあるんですよ」と続ける。

他のゲストたちが、「その通りだな」「早く帰ればいいのに」「わざと炎上ネタ作ってんのか」などと賛同の声を上げている。

立場を失い立ちすくんだ三原に向かって、工藤が穏やかに話しかけた。

「あのな。ここはさ、亡くなった先代の親父《おやじ》さんから、娘の薫ちゃんが継いだ店なんだよ。彼女がずっと守ってるんだ。だから親父さんのスーツを大事に着てるの。わざわざ自分のサイズに仕立て直してね。男装女子って発言、俺は許せない。何も事情を知らないヤツに、料理を味わう心を失《な》くしたヤツに冒瀆《ぼうとく》されるなんて、絶対に我慢できないね」

いつの間にかゲスト全員が立ち上がり、三原を白い目で見つめていた。

「今ここにいる客は、みんなこの店の世話になってるんだ。ウマい料理とあったかいサービスでね。知ってるかい？　ここの食材はほとんど契約農家や猟師とかから直接仕入れてるんだ。だから、献立には食材しか書いてないんだよ。今はさ、調理済みのインスタント料理が溢《あふ》れてるから、どんな材料で作られてるのか知らない子どもも多いらしいけど、何を食べているのかちゃんと知ってほしいって、前に薫ちゃんと怜くんが言ってたよ」

そうだ、工藤にそんな話をしたことがあったな、と薫は思い返していた。

「素材を大事にしたいんです。野菜も魚も肉も調味料も、作り手の皆さんが苦心して提供してくださってるんです。その方々の存在がなければ、僕たちの食生活は成り立たないんですから」

そんな風に熱弁していた怜の姿も。

養護施設を出てすぐに料理の修業を始めたものの、豊かな暮らしとは無縁だったという怜。ときには野原で食べられそうな草や花を摘み、それを調理して空腹を満たすこともあったそうだ。

「サバイバル能力には自信あるんですよ」

と笑い話を装ってはいたが、相当な苦労をしたに違いない。そんなこともあって、食材そのものへの興味が深まったのだろう。

その怜は、飢えた野獣のような険しい目つきで、三原をじっと睨《にら》みつけている。

「――この二人が毎日献立を考えて、メニューを手書きしてさ。来る人に美味しいものを食べてほしい一心で頑張ってるんだ。だから、謝ってもらえないかい？　ひと言だけでいいから。そうしてくれたら、あんたの子どもじみた態度なんて、とっとと忘れてやるからさ」

ゲストの誰もが、工藤の言葉に頷《うなず》いている。


ああ、この店をやっていてよかった。

常連客の皆さんに出会えてよかった。

そして――。

怜が居てくれて、本当に本当によかった。

薫は心の中で、感謝の想《おも》いを噛《か》みしめていた。


ずっと沈黙していた三原が、工藤を無視して入り口ドアに向かう。

「二度と来ねえよ、こんな店。来て悪かったな」

不機嫌な態度でそう言い残し、彼は店を出ていった。

レジカウンターに数枚の札を置いて。

「……ねえ、今のって謝ったつもりなのかな？」とルカが父の工藤に尋ね、「悪かったな、とは言ってましたけど……」と桜も怪訝《けげん》そうに首を傾《かし》げる。

「まあ、いいんじゃないか。出てってくれたんだから」

工藤が椅子《いす》に座り、一同も席に着いた。

「皆さん、本当にありがとうございました」

ゲストたちに向かって、薫は深々と腰を折った。

「もお、超カッコ良かったよ、薫の君」

「俺も震えたね。なんつーかこう、女王の威厳、みたいな」

「ホント。惚《ほ》れちゃいそうになりました」

ルカと工藤、それに桜。他のゲストたちも薫に熱い視線を向けている。

「うちの支配人、言うときはガツッと言うんですよね。皆さんの援護射撃があってよかったです」

心底ホッとした表情で怜が言う。先ほどの野獣のような目の男とは、別人のようないつものやさし気な怜だ。

「大変失礼いたしました」

薫は、再び深々とお辞儀をした。

「まあ、一件落着だな。よっしゃ、ここにいる全員で乾杯だ！」

「お父さん、今日も飲みすぎ。調子に乗りすぎ」

「いいじゃないか。ねえ皆さん？」

工藤の言葉に、その場の誰もが頷き合う。

「じゃあ、お店から皆様にサービスさせてください。何か一杯。お世話になったお礼です」

「おっと薫ちゃん、うれしいねえ」

「じゃあ、僕に選ばせていただいてもいいですか？」

唐突に怜が言った。

「皆さん、デザートを召し上がったあとだから、食後酒として一杯ご用意したいのですが」

え、怜が？　なんで？

目を丸くした薫の前で、桜が期待に満ちた目で怜を見る。

「へー。怜さん、お酒のセレクトもするんですね。楽しみ」

「ぜひ飲ませてください」

鈴音も彼女の相棒も、にこやかにほほ笑んでいる。

「いつもは薫さんの専門なんですけどね。実は、薫さんに内緒で用意してたお酒があるんです。ちょっと待っててくださいね」

厨房の奥に消えた怜が、全長が一メートルもあるステンレス製のひしゃくと、漆黒のボトルを運んできた。

わあ！　長い！　なにそれ？　とゲストたちから歓声が湧《わ》く。

「まさかそれ、ベネンシア……」

驚愕《きょうがく》する薫に、怜は「はい。ベネンシアです」と答え、一同に説明を始めた。

「このベネンシアは、樽《たる》の中のシェリーを試飲するときに使うひしゃく。樽からお酒を汲《く》み上げるために、柄が長く作られているんです。こうやって注《そそ》ぎます」

怜は長い柄の先についたカップに、ボトルからシェリーを注《つ》いだ。続いて、左手のグラスを腰の辺りで持ち、右手のベネンシアを徐々に高く掲げていく。

一メートルほど上の位置から、カップのシェリーがグラスに注がれた。

注ぐ、というよりも、落とす、と表現したくなる光景だ。

カップからシェリーが勢いよく落下する。まるで蛇口から流れ出る水のごとく。

「すごい……」と桜が感嘆の声を漏らす。

一滴もこぼれずにシェリーがグラスに収まり、怜が空になったベネンシアを素早く振り切った瞬間、店内中に大きな拍手が鳴り響いた。

「それ、ベネンシアドールって呼ばれるプロの技術だろ？　シェリー版のソムリエみたいな。そんな技、いつどこで覚えたんだい？」

工藤に尋ねられ、「薫さんに内緒で練習してたんです」と怜が小さく笑う。

「全然知らなかった……」

薫の中で、驚きと感動が入り混じっている。

「勝手なことしてすみません。でも、僕も薫さんもシェリーが好きでよく飲むから、美味しい飲み方を追求したくなっちゃいまして。ベネンシアで高い位置から注ぐと、エアレーションでシェリーが空気に触れて、より香りが引き立つんですよ。ベストな飲み頃《ごろ》の温度に調整することもできますしね」

「ワインのデキャンタージュみたいなもんだな。もしかして『三軒亭』の重さんから教わったんじゃないかい？　あの人、ベネンシアドールの資格も持ってるから」

重さんとは、この店と提携している三軒茶屋のビストロの経営者で、ソムリエの室田重のことだ。

「ええ。室田さんに特訓してもらいました。閉店したあと、室田さんのお店に通ってたんです。やっぱり注ぐのが難しいんですよね。最近、やっとこぼさないで入れられるようになりました」

工藤に答えてから、怜は再びベネンシアを巧みに操り、人数分のグラスにシェリーを注いだ。

　こっくりとしたマホガニー色の液体が、それぞれのグラスに満たされている。

「すっきりとした甘味のシェリー酒、ミディアムです。熟成が長いのでコクも香りも強い。どうぞ飲んでみてください」

「ミディアム！」と鈴音が声を上げた。「うれしい。飲んでみたかったんだ」

「ウマそうだねえ。じゃあ、この店に乾杯！」

　工藤が音頭《おんど》を取り、皆が一斉にグラスを傾ける。

「うわ、すっごくいい香り。まるで極上の干しブドウを凝縮して、そのまま液体にしたみたい。軽やかでフローラルで、やさしい口当たり。これならいくらでも飲めちゃいそう」

　真っ先に感想を述べたのも、鈴音だった。

「このミディアムって、薫さんの一番好きな酒精強化ワインでしたよね。本当に美味しいです」

「気に入っていただけてよかったです」

　そういえば、鈴音にそんな話をしたことがあったなと思いながら、薫は答えた。

「なんか、ウチらばっか飲んじゃってごめんね。薫の君の好物なのに」

　申し訳なさそうにルカが言う。

「そんな、当たり前じゃない。飲んでもらうのが私の仕事なんだから。あとでゆっくり飲ませてもらいます」

「もしかして、怜さんと二人で飲むんですか？」と桜が尋ねてくる。いかにも興味津々、といった感じの表情だ。

薫には、曖昧《あいまい》にほほ笑むことしかできなかった。怜はすでに、後ろの厨房で明日の仕込みを始めている。

「こらこら桜ちゃん、野暮なこと訊きなさんなって。よかったらさ、このあと俺と二人でバーに行かない？」

「あ、ごめんなさい。終電があるんで」

「アイタタ、また振られちゃったよ」

工藤が大げさに頭を抱えてみせる。

「お父さん、いい加減にしてよね。言っとくけど、お父さんは自分が思ってるほどモテないんだからね」

「なんだとお？」

「それ飲んだら帰るよ。ニキータとルーシーが待ってるから」

「おお、そうだな」

工藤たちの会話で明るさを増した店内を見回しながら、薫は口元を緩めてグラスを磨き始めた。

「お父さん、先に帰るよ。またお代わりなんかしちゃってさ。ほどほどにしてよ」

「おーう。このシェリー飲んだらすぐ帰るから」

　他のゲストとルカが先に帰り、店内は工藤だけになった。怜は厨房の奥に引っ込み、なにやら作業をしている。

　磨いたグラスを棚に並べていた薫に、工藤がヘロヘロの赤ら顔で「なあ、薫ちゃん」と呼びかけた。

「はい？」

「薫ちゃんが怜くんをどう見てるのか、怜くんが薫ちゃんをどう想ってるのか、俺なりに察してるつもり。だからさ、これは酔っ払いの戯言《ざれごと》だと思って聞いてほしいんだけど……」

　実際、かなり酔っていそうな様子で、工藤が話を始めた。

「いやー、怜くんはいいねえ。客をよろこばせるためにベネンシアの技までマスターしてさ。料理の腕はいいし、人当たりも最高。あんな逸材、なかなかいないと思うんだ。料理人としても、男としても。だからね、薫ちゃんとうまくいってくれないかなあ、なんて、ちょっとだけ考えちゃったんだよね。怜くんと薫ちゃん、かなりウマが合うみたいだし」

　なんて答えたらいいのか、薫は返事に窮してしまった。

工藤は、自分と真守が結婚の約束をしていた事実を知っている。真守がイタリアに行ったきり、連絡がないことも。だから、薫が心配で仕方がないのだろう。

これはきっと、工藤なりの薫に対する親心なのだ。

だけど、自分にとっての怜は、弟のように気心の知れたパートナー。そして、怜には朝食を共にする恋人がいるかもしれないのである。

だから薫には、「怜は人懐こくて誰にでも愛想がいいんですよ。それって、持って生まれた才能なのかもしれないけど」と、話をはぐらかすことしかできずにいた。

「持って生まれた才能？　それは違うと思うよ、薫ちゃん」

コトリ、と工藤がグラスをカウンターに置く。やけに真剣な顔つきで。

「このあいだ、怜くんと二人で飲みに行ったんだよ。で、そこで聞いたんだけどさ。彼は施設育ちだろ？　子どもの頃はかなり苦労したらしいんだ」

それは薫も知っている。だが、怜は子どもの頃の話はほとんどしてくれたことがなかった。薫も尋ねたことはない。彼が進んで話したい話題ではないだろう、と思っていたから。

「怜くん、昔は口下手で大人しくて、早生まれだったから身体も小さくてさ。施設で相当イジメられてたらしい。……でも、助けてくれる人間なんて、いやしなかったんだろうな。親がいないってのは、拠《よ》りどころがないってことだからさ。誰にも頼れないし、誰にも甘えられない。世の中で独りぼっちだ。そんな子どもが社会と繋《つな》がるためにできることは、二つしかない」

工藤が言葉に力を込める。

「力で相手をねじ伏せるか、愛想を使って相手の懐に入るか、だ」

再びグラスを手にした工藤が、残っていたシェリーを飲み干した。

「幼かった怜くんは、愛想を武器として選んだんだよ。周りに笑顔を振りまいて、気を遣って、空気を読んでさ。そうすることだけが、やつの生きる術《すべ》だったんだ」

薫はもう、何も言えなかった。

いつも朗らかで、頼もしくて、仕事熱心で。

暗さなど微塵《みじん》もない怜の笑顔の裏に、そんな過去があったなんて……。

——ふいに工藤の寝息が聞こえてきた。カウンターに突っ伏している。

「みんな……幸せになって……ほしいんだよ……」

寝言をつぶやいている。とてもやさしい人なんだよな、と改めて思う。

「ルカちゃん、呼ぶしかないか」

独《ひと》り言《ご》ちたあと、薫はルカに連絡を入れた。

酔いつぶれてしまった工藤を、迎えにきてもらうために。

Epilogo

（終幕）


「お疲れ様でした」

「お疲れ様」

ゲストがいなくなった店内で、薫は怜とミディアムで乾杯した。

怜がベネンシアで入れてくれたそれは、ほどよく空気を含んで香りが開き、いつものミディアムよりも遥《はる》かにかぐわしい。

「モルトボーノ。本当に美味しい……」

ため息交じりに感想を述べて、ミディアム特有のさらりとした飲み心地と、馥郁《ふくいく》たる甘味を楽しんだ。

不愉快な記憶など、あっという間にとろけていく。

「まさかのベネンシアの技だった。びっくりしたよ」

ふふ、と怜が頬《ほお》を緩める。

「実は、もうすぐ薫さんの誕生日だから、こっそりマスターしてサプライズのお祝いをしようと思ってたんです。でも、今夜のハプニングで皆さんにご馳走《ちそう》したくなっちゃって」

誕生日。自分のことなのに、すっかり忘れていた。

「ありがとう。だから私の好きなミディアムを用意してくれたんだ」

「ええ。それで室田さんに教えてもらったんですけどね。夜しか時間作れなかったから朝起きられないと思って、朝食を作ってもらうの遠慮したんです」

恋人でもできたのかと思ったのに、まさかそんな理由だったとは……。

薫の胸が、温かいもので満たされていく。

「でもね……」と横を向いた怜が、少し照れたように言った。

「薫さんの味噌汁《みそしる》、やっぱり飲みたいかな」

その刹那《せつな》、怜が幼い少年のように見えた。

家族の温《ぬく》もりをほとんど知らず、独りでひたむきに生きてきた少年。

太陽のような明るさの奥底に、拭《ぬぐ》い切れない寂しさを抱えて。

それを埋めるかのように料理と向き合ってきた彼の姿が、はっきりと脳裏に浮かんでくる。

「いいよ、もちろん」

そう言った途端、予想外のよろこびを感じた。

自分も孤独な朝食に、物足りなさを感じていたのだろう。

「明日からまたやろう。朝食ミーティング」

「お願いします」

ゆったりとほほ笑んでから、怜が冷蔵庫のほうに歩いていく。

長身で白いコックコート姿の彼は、少年ではなく逞《たくま》しい青年だ。

「……怜、本当にうれしいよ」

低くつぶやいた薫の声は、怜には届かず空に散った。


小さくて人情深い街、代官山にあるトラットリア。

父が慈しみ、娘に未来を託した店。

人々が憩いと安らぎを求めて集まる場所。

私はいつまでも、この店を守り続ける。


——あの人が、いつか帰ってくるかもしれないし。

ふいに聞こえてきた内なるささやき声を、速攻で振り払う。

その想いは忘却の彼方に追いやって、女支配人である自分に言い聞かせる。

もっと強く、もっとタフで、もっと毅然《きぜん》とした人でありたい。

たとえ何があっても、揺らぎなどせず前を向いていられるように。

「薫さん、新しいデザートを試作してみたんです。味見してもらえます？」

とても楽しそうに、怜が話しかけてきた。

「今度は何を考えたの？」

薫はごく自然な笑みを浮かべて、怜のほうへと歩み寄る。

少年のように純粋で、真摯《しんし》に料理へ情熱を注ぐ、最高の仲間の元へ。


――Chi trova un amico trova un tesoro.――

（友に巡り会えたのは、宝を手に入れたのと同じである）

そんなイタリアの格言が、耳の奥で木霊《こだま》のように鳴り響いた。

本書はハルキ文庫の書き下ろし小説です。

Haruki Bunko
ハルキ文庫

さ 24-1

トラットリア代官山《だいかんやま》

著者 斎藤千輪《さいとうちわ》

2019年11月18日第一刷発行

発行者 角川春樹

発行所 株式会社角川春樹事務所
〒102-0074 東京都千代田区九段南2-1-30 イタリア文化会館

電話 03(3263)5247(編集)
03(3263)5881(営業)

印刷・製本 中央精版印刷株式会社

フォーマット・デザイン 芦澤泰偉
表紙イラストレーション 門坂 流

ISBN978-4-7584-4302-9 C0193 ©2019 Chiwa Saito Printed in Japan
http://www.kadokawaharuki.co.jp/[営業]
fanmail@kadokawaharuki.co.jp[編集] ご意見・ご感想をお寄せください。